〔著〕epina/すかいふぁーむ
〔イラスト〕みつなり都
〔キャラクター原案〕ふじさきやちよ
竜に
られた
〜全てを極めた少年は人間界を無双する〜

「……バスターキャノン！」

マイザー
セレブラント王都学院
王賓クラスの担当教官。
ミィル
「竜王族」の少女。
竜でありながら人の姿
をとることができる。
アイレン
「竜王族」に育てられた
人間の少年。魔法と竜技
を使いこなす。

リード
セレブラント王国の王太子。魔法の成績優秀な王位継承者。
ビビム
ノールルド伯爵家の跡取り息子。
ラウナリース
フルドレクス魔法国の第二王女。魔力や生命力を見られる「神眼」をもつ。

「アイレン、ごめん　あたし、戦わない」
「えっ、なんで!?」

「アイレンは学院《ここ》に何しに来たの？」
「今はそんなこと言っている場合じゃない！
このままじゃ、みんな殺される！」

CONTENTS

竜に育てられた最強

～全てを極めた少年は人間界を無双する～

epina／すかいふぁーむ

Jノベルライト文庫

〔イラスト〕みつなり都
〔キャラクター原案〕ふじさきやちよ

プロローグ

The Strongest Raised by DRAGONS

俺が拳《こぶし》を叩きつけた大岩は、凄《すさ》まじい爆発音とともに木っ端みじんに砕け散った。

「「「「…………………は？」」」」

それまで俺のことを『田舎者《いなかもの》』と馬鹿にしてきた貴族の青少年たちが茫然《ぼうぜん》としている。

「これが『人類』では試験になるなんて。このくらい俺の『田舎』では普通だったんだけど……」

手首をポキポキ鳴らしながら、俺は独りごちた。

「こんな……こんなバカなことがあるかああああああッ!!」

出会ってから俺のことをずっと見下してきた貴族のエリート……ビビム・ノールドが自慢の金髪を振り乱して叫んでいる。

ビビムの狼狽《ろうばい》ぶりを横目にしながら、俺は初めて王都を訪れたときに思いを馳《は》せていた――


初めて見る『外』の世界。

行き交う人々の営みに、俺は胸を高鳴らせていた。

「すっげえええええええ！　これがセレブラントの王都かーっ！」

俺の故郷とはまったく違う光景だった。

並び立つ建物。大通りをゆく見たことのない乗り物。そして往来を闊歩《かっぽ》する人、人、人！

「いやいや、浮かれてちゃ駄目だ！　俺の役目はとっても大切なんだから……」

俺は大切な使命を携《たずさ》えて、ここに来ているんだ。決して遊びで来ているわけじゃない。

「まずは王都学院に合格しなきゃ、俺の役目は果たせない！」

俺の役目は『人類』を見定めること。

すなわち生かすべきか、滅ぼすべきか。

というのも、人類が俺たちの故郷の森に頻繁《ひんぱん》に侵犯してくるようになったのだ。

彼らは勝手に木を切り倒して、勝手に街を作り、勝手に俺たちの宝を盗んでいってしまう。その土地が俺たちにとってどれだけ神聖なのか、知りもせずに。

そういうわけで故郷の森では意見が真っ二つに割れている。だからこそ唯一の人間である俺が人類を見定める代表に選ばれたのだ。

俺にはいわゆる人類の『生殺与奪権《せいさつよだつけん》』が与えられている。もし俺が「人類滅ぼすべし」と口走ったなら、人類は瞬《また》く間に滅ぼされてしまうだろう。

人間社会のことはよくわからないけど、さすがに同族が殺されてしまうというのはあんまり気持ちのいいものじゃない。だから、俺が王都学院で生活して、人類とは共存できるってところを見せないといけないわけだ。

それに何より『ひとりでいくなんてとんでもない！』と子供扱いしてくる家族みんなに無理を言って勝ち取った……そう！　これは巣立ちのチャンス！　だから個人的にも、この使命は絶対に成功させなくっちゃいけないんだ！

とにかく入学試験でしくじるようでは俺を育ててくれたみんなに申し訳が立たない。

捨てられて死ぬしかなかった赤ん坊をここまで育ててくれたみんなのために、俺はひとりでも立派にできるってところを見せるんだ！

そんな想いを胸に向かった学院は、王都でも一際大きな建物だった。入学志願者と思《おぼ》しき人たちもたくさん集まっていて、ますますテンションが上がってしまう。

ひとまず深呼吸して落ち着いてから受付のおじさんに声をかけた。

「おはようございます！　入学試験を受けにきました！」

なにはともあれ、まずは挨拶。元気のいい挨拶は大切だ。

だけど、受付の人から向けられる視線はやけに冷ややかだった。

「まずは家名を名乗ってください」

「……家名？　えーと……いや、名前以外ないですけど」

「ああ、なんだ平民か。じゃあ、お前はこっちだ」

急に口調が雑になった受付が、俺にバッジのようなものを投げつけるように渡してきた。

他の入学志願者もつけてるみたいだけど、俺のだけだいぶボロいなぁ……。

「お前にはそれがお似合いだ」

受付の人がなにやら褒《ほ》めてくれた。

「ありがとうございます！」

「チッ……」

舌打ちされた⁉

「皮肉も通じんとは、これだから平民は。まあいい、試験会場はこの先だ。そこに立たれてると邪魔だからさっさと行け」

「す、すいません！」

ぺこりと頭を下げて、その場を離れる。

「俺、なにかまずいことしたのかな……？」

ありえない、とは言い切れない。この日のためにいろいろ予習してるけど、細かいところまでは行き届いてないかもしれないし。でも試す側だからこそ、知ってる範囲で礼は尽くさなければ。

そんなふうなことを考えながら、会場へ続く廊下を歩いているときのことだった。

「ハッ、平民の田舎者か！　お前のような者がセレブラント王都学院に足を踏み入れるな！」

「は？」

一瞬、誰に何を言われたのか理解できなかった。

声をかけてきたのは金髪碧眼《へきがん》の俺と同じ十五歳くらいの少年。なんだかキラキラしてて、思わず蒐集《あつ》めたくなってしまう小さな宝石を散りばめた服を着ている。前髪をふわっと手でかきあげて、俺のことを見下すように口端を吊り上げていた。

当たり前だけど見覚えはない。

「……誰？」

「無礼者！　ノールルド伯爵家の跡取りであらせられるビビム様だぞ！」

ビビムやらの周りにいた少年たちが、俺を叱責《しっせき》する。

「僕のお父様はセレブラントの王宮で国王陛下の補佐を務めている。ま、お前のような平民の田舎者では知らなくても無理はないがな」

ビビムが気障《きざ》ったらしく「フッ」と笑い、肩をすくめた。

「初対面ですよね？」

なんだかいきなり馴れ馴れしい人だなと思いつつ、一応確認してみると。

「当然だ。お前のことなど知るわけがない」

えー……初めて会った人にこんな口の利《き》き方が許されるんだ。ちょっと信じられない感覚だな。

「ところで田舎者って、俺のことですか……？」

「そうとも、見ればわかる。丈夫なだけが取り柄の安物の服に、礼節を知らぬ粗雑な歩き方。さぞ俗世から遠い田舎から来たのであろう？」

「まあ、そうですね。そういう基準で言うと、俺は間違いなく『田舎』から来ましたよ」

初めて会う相手と接するときに礼儀正しくするのは、俺の『田舎』では当然のならわしだ。だけど俺は今、いきなり突っかかってきた顔も知らない男に侮辱《ぶじょく》されている。

うーん、『人類』ではこれが当たり前なのかな……？

「悪いことは言わん。お前のような田舎者は疾《と》く失《う》せよ。ここは我らセレブラント貴族のみが通う聖なる学び舎なのだ。お前ごときが軽々しく出入りできる場所ではないのだぞ！」

「え、でも平民でも試験は受けられると聞いたんですけど」

「無論だ。受験するだけなら、学院の門戸は誰にでも開かれている……それがセレブラント王都学院の在り方だからな」

うーん、言ってることがよくわからないな。言い回しもなんだかまどろっこしくて、全然頭に入ってこない。

「……フッ、この僕がわざわざ忠告してやったんだ。せいぜい恥をかかないうちに此処《ここ》を去ることだな」

どうも右も左もわからない俺を気遣ってくれてるみたいだな。鼻持ちならない感じではあるけど、一応は礼は言っておこう。

「どうもありがとうございました」

「……っ！」

取り巻きたちが息を呑んだ。ビビムもわなわなと肩を震わせている。

「貴様、後悔させてやるからな！」

結局、捨て台詞《ぜりふ》を残して足早に去っていった。取り巻きたちもビビムの後を追いかけていく。

「…………なんで？」

お礼を言ったのに、なんで怒ったんだろう？　受付の人もそうだったし……。

『人類』って、よくわかんないや。

第一章　入学

The Strongest Raised by DRAGONS

そのあとすぐに試験が始まった。

最初の学力テストは筆記試験。俺はちゃんと読み書きを教わってるし、必要な知識はあると思ってたんだけど……。

いや、ある程度は頑張った。頑張ったと思う。だけど、歴史のこととなると、てんでダメ。

あと、経済だか経営なんちゃらってものは、問題自体がよくわからない。

試験科目が変わる休憩時間には、俺のことを噂するヒソヒソ声が聞こえてきた。たぶん俺には聞こえてないと思っているんだろうけど……俺から話しかけようとしても無視されるので、放っておくことにした。

ちなみに噂話の中には「田舎者」「田舎者」と、さっきも散々聞いた呼び名がしきりに登場する。「ビビム様に恥をかかせた」みたいなワードも聞こえたから、ひょっとしたらビビムが俺のことを触れ回ったのかもしれない。

そんなふうに受験者たちからは後ろ指さされるぐらいだったけど、教官からは「田舎者が王都に来るな。身の程を知れ」みたいなことを堂々と言われた。さすがの俺も歓迎されてないってことがわかってきたので、大人しくしていることにする。

なにしろ俺がここで無闇《むやみ》に怒ったりしたら、王都が滅ぼされちゃうからね。

「田舎者！　ここはお前のような平民が入れるような学院ではない！」

「早いところ尻尾を巻いて帰ってはどうだ？　ハハハハハハハハハ!!」

実技テストの会場に入るころには、俺の味方はひとりもいなくなっていた。みんながみんな遠慮ひとつない大声で馬鹿にしてくる。どうやら俺が『田舎者』なのは既《すで》に全員に知れ渡っているようだ。

教官の話によると、俺以外の受験者全員が王国貴族らしい。上に立つ者が下の者を馬鹿にする……これが『人類』の当たり前なんだろうか？

「まあ、いいけど……」

嘲《あざけ》りの視線が注ぐ中、俺は故郷のみんなのことを思い出す。

ただの人間だった俺を、みんなとってもかわいがってくれた。厳しいことを言われたりもしたけど、今では全部俺のためにしてくれてたんだってわかってる。だけど、今のこれはなにか違う気がする。ただ単に馬鹿にしたい、本当に目障《めざわ》りに思ってるって感じがヒシヒシとする。

「そっか……みんなは、これを危惧《きぐ》してたのか」

みんな、俺がひとりで王都に行くことに反対していた。大丈夫だって息巻いてきたけど、こうなるのがわかっていたのかもしれない。

「生かすべきか、殺すべきか……か」

自分が人間だからといって『人類』を贔屓《ひいき》するつもりはなかった。でも、やっぱり生かしてほしいなって思ってたのかもしれない。

もう、甘い考えは捨てよう。きっと、人間である俺が人類をどう感じるかに意味がある。学院は期待してたような場所ではなさそうだけど、俺のやることは変わらない。

そうだ……みんなの期待に応えなくっちゃ！

「おい、アイレン！　いや、貴様は『田舎者』で十分か。おい、田舎者！」

俺を呼び止めたのは入学試験を監督している教官殿だ。この人は他の受験者にはものすごく腰が低いのに、俺に対してだけは当たりが強い。それにしたってちゃんと名前を呼んだあとに、わざわざ田舎者って言い直さなくても。

「はい、なんでしょうか」

「貴様の先ほどの学力テストの結果だが……惨憺《さんたん》たる有様《ありさま》だ！」

うーん、耳の痛い話だ。

「本来であれば即刻不合格にしてやりたいところだが、王都学院では実技重視だ。

実技テストで大きな結果が残せれば入学が許される！　もっともお前のような田舎者には到底不可能だろうがな！」

これも事前に聞いていた話の通りだ。王都学院の入学試験は学力テストと実技テスト。俺は実技が何一つ問題ないから、気楽に行ってくるといいと送り出されたのだ。

「ビビム様！　どうか、この田舎者に身の程を思い知らせてやってください」

「ふん……当然だ」

急に声のトーンが高くなった教官殿に請《こ》われてこちらに来たのはビビムだった。

「フッ……田舎者よ。どうして実技テストが学力テストの結果に勝《まさ》るか、わかるか？」

「えーと、俺みたいなのにもチャンスがあるようにとか……」

「まったく違う。貴族と平民とで埋めようのない決定的な実力の違いが浮き彫りになるからだ」

ビビムが悠然《ゆうぜん》と大岩のほうへと向かった。一定の距離をおいて立ち止まる。

実技テストはあの大岩をなんでもいいから攻撃して、その結果に応じて評価が下されるというものらしかった。大岩はかなりの大きさで、学院の庭のほとんどを占有している。あちこちに傷がついていて、幾度となく試験に使われてきたことを思わせた。

「平民の努力では貴族の血に勝てない。現実を思い知るがいい！」

ビビムが呪文を詠唱《えいしょう》しながら右手の杖を大岩へと向ける。杖の先端に魔力が集中して――

「ファイアーボルト！」

魔力が膨《ふく》れ上がったところから火の弾が放たれる。着弾と同時に炎が弾け爆音が轟《とどろ》いて……大岩の一部がわずかに抉《えぐ》れていた。

……え、それだけ？

「おお、素晴らしい魔法だ！」

「さすがはビビム様！　普通の貴族では不壊《ふえ》の大岩に傷をつけるのがせいぜいなのに……」

「フッ……ノールルド伯爵家次期当主の僕の力をもってすれば当然の結果だ」

金髪をかきあげながら、ビビムが俺のところにやってきて口端を吊り上げる。

「さあ、次はお前の番だぞ田舎者。僕以上の結果が出せなかったら、お前は不合格だ」

「……はあ」

これが実技テストなのか……なんだか拍子抜けしてしまったな……。

俺が呆然《ぼうぜん》としているのを見た貴族たちが「田舎者に見せるにはもったいないくらいだ」「田舎者にはこの魔法のすごさはわからないか」と小声で囁《ささや》いているのが聞こえてくる。

それにしても俺の合否の基準と試験の順番をビビムが決めるって、ありなの？

念のために教官殿に視線を送ってみると。

「ククク……毎年、お前のような世間知らずが学院に入学してこようとしてくる。だが、全員がここでふるい落とされるのだ。どうだ、身の程を思い知ったか？　田舎者」

教官殿もニヤニヤしてるだけだし、本当に俺の番ってことでいいのだろう。

まあ、それはかまわないんだけど……俺の中には少なからぬ危惧《きぐ》があった。

「でも、いいんですか？　俺があの岩を攻撃したら他の人が試験を受けられなくなってしまいますけど」

「……うん？　何の心配をしている。いいから杖を用意するんだ！」

「いえ、杖はないので素手《すで》でやります。魔法じゃなくてもいいんですよね？」

「素手ぇ……？　ハッ、田舎者には杖を買う金もないと見える。まあいい、かまわんからやれ！」

さっさと不合格になれとばかりに、教官殿が俺の肩を押してこようとする。

「うえっ⁉」

俺がビクともしなかったので、教官殿のほうが変な声をあげながらコケてしまった。

「ははは、何をやっているんだ教官！」

「え、いや、これは……」

ビビムに醜態《しゅうたい》を笑われて困惑する教官殿。

そんな彼らから視線を切って、俺は大岩のほうへと歩き出した。

「これで試験になるんだ。なんだか不思議だな……」

見たところ、大岩には守護魔法も精霊の加護《かご》もかかってないように見える。つまり、本当にただの大岩を攻撃するだけでいいらしい。

でも、そんなことをすれば……。

「ああ、そうだ。危ないのでみんなもっと下がってください！」

未来の惨状《さんじょう》が頭に浮かんだ俺は、振り返って呼びかけたけど……。

「はは、田舎者が何か言ってるぜ！」

「あいつ素手で殴るつもりみたいだぞ！　頭がおかしいんじゃないか？」

みんな笑うばかりで、俺の言うことなど聞いてくれそうにない。

「しょうがない。できるだけ手加減しよう。あとはみんなが怪我《けが》をしないように加護も使って……」

失敗しないように集中しようと思ってたけど、気を散らすぐらいでちょうどいいかもしれない。

とはいえ竜技《りゅうぎ》の型《かた》を崩すと師匠に怒られるから、そこはしっかりと。

大岩に触れられるぐらいの距離に立って、しっかりと見据える。

「呼吸《ブレス》――」

息を吸って。

「練気《オーラ》――」

体に巡らせて。

「咆哮《ハウル》――！」

吐く!!

一歩踏み込んだ左脚から先、大地が勢いよく沈み込む。

あ、やっべ。いつもの癖で震脚《しんきゃく》しちゃった。

ええい、このままいっちゃえ！

「竜の爪《ドラゴンクロー》！」

俺が拳を叩きつけると、大岩が凄まじい爆発音とともに木っ端みじんに砕け散った。

「「「「…………………………は？」」」」

茫然とする受験者たち。一方、俺は手首の調子を確かめながら思わずため息を吐いた。

「これが『人類』では試験になるなんて。このくらい竜王国《いなか》では普通だったんだけど……」

みんななら俺と違って竜技を用いるまでもなく、純粋な膂力《りょりょく》だけで同じことができるだろう。

「こんな……こんなバカなことがあるかああああああッ!!」

頭を抱えて金髪をブンブンと振り乱すビビム。

「ま、とりあえず……これで合格ですよね！」

俺は嬉しさのあまり、教官殿に笑いかけた。

「……え？　ああ、そうだな……？」

首をかしげながら受け答えする教官殿だったが、その横からビビムが横槍を入れてきた。

「いや……いやいやいやいやいや！　待て待て待て待て！　素手で大岩を殴って爆発するわけがあるものか！　貴様何をした……いったい、どんなトリックを使ったのだ⁉」

「トリック……？」

「そうだとも！　田舎者の貴様にこんな力があるわけが……！　何か不正をしたに決まってる！」

そんなことを言われてもなあ。

「つまり、俺が何かズルをしたって言いたいんですね？」

「ああ、そうだとも！　例えば……あの岩に事前に爆発する魔法とかを仕込んでおいて……！」

「それって、あなたが魔法撃った時点で爆発しません？」

「うっ⁉　だが、いや、そもそもどんな魔法ならあんな爆発が……⁉」

「要するに、また見せればいいですよね？」

大岩の残骸がみんなに飛ばないように加減したので、破片は会場にちゃんと残っている。

俺は未《いま》だに何か喚《わめ》いているビビムに背を向けて、まだだいぶ大きめの破片に近づいた。

そして。

「ほい」

破壊。次。

「とりゃ」

また破壊。次。

「せい」

またまた破壊。

えーと、まだまだあるけど……。

「どうです？　足りませんか？」

俺が振り返ると、ビビムは腰を抜かしてガタガタと震えていた。

「う、嘘だろ……本当に素手で岩を砕いてやがる」

「あの田舎者、いったいなんなんだ……？」

なんなんだと言われても邪魔な岩を打ち砕くなんて作業、故郷の森では日常茶飯事だし……。

「ま、まあいい！　こんな不正で入学しても入って苦労するだけだ！」

ビビムがあからさまに顔を青くしながら、すごすごと引き下がった。

「これは何かの夢なのか？　あんな田舎者が……」

教官は唖然《あぜん》としたまま、アイレンが岩を立て続けに破壊する様子を眺めていた。

セレブラント王都学院の不壊《ふえ》の大岩は創立以前から王都にあったものだ。

卒業までに傷ひとつつけられない生徒すらいる。それを、いとも簡単に……。

入り口のほうからざわめきが聞こえたのは、教官がそんな想いに囚われていたタイミングだ。

「今度はなんだ？」

教官が振り返ると同時に、その全身が硬直した。

会場の入り口に立っていたのは絶世の美女。紅《くれない》のドレスに身を包み、炎のように赤い瞳をした女性だ。朱色と黄色とが混ざり合ったかのような色の腰まで届く長い髪。それでいながら肌は透き通るように白く、唇は艶やかな湿り気を帯びている。

受験者たちの多くが見惚れる美貌に、教官も例外なく心を射抜かれていた。

「試験会場は、こちらでしょうか？」

あたりに視線を巡らせる美女のところに、教官はすぐさま駆けつけた。

「は、はい！　そうですが、入学希望の方以外は入れませんので……いやはや、困りましたな。その、よろしければ私の部屋でお待ちを……」

教官の緩み切った顔を見た美女は、呆《あき》れたように嘆息《たんそく》した。

「嫌ですね。『人類』には最低限の心理防壁すらないのでしょうか」

「は？　なにを……」

何かを言いかけた教官の横を美女が通り過ぎていく。

「ああ、いましたね。アイレン！」

そして、ちょうどビビムが引き下がったあたりで美女がアイレン……田舎者のところへと駆け寄ったのだ。

「……どうして、あの田舎者のところに？」

思わず首をかしげた教官は、謎の美女を茫然と見送ることしかできなかった。

「アイレン！」

「リリスル!?　どうしてここに！」

　ここで見られるはずのない顔に驚いてしまった。

　リリスルは、俺の故郷でとってもお世話になっている『家族』。何人もいる『姉』のひとりだ。

「なんだかとても心配になってしまったので、つい」

「そんなついって……俺がひとりで行くって言ったのに……」

「わたしが自分の判断で来ただけですから」

　リリスルが口元に手をやって悪戯《いたずら》っぽく笑っている。

　どうでもいいけど、周りの視線がとっても恥ずかしい。自分が見られるのより、リリスルが見られるほうが照れ臭かった。

「それで、どうでしたか？」

　リリスルが小首をかしげながら聞いてくる。

「あ、たぶん合格だよ。ほら、試験もちゃんとできたし」

「そちらではなく。使命のほうです」

「いやいや、まだわからないよ！　入学もしてないんだよ？」

「そうですか。まあ焦《あせ》って決めることはありませんが、人の寿命は短いので心配なのです。寝て起きたらあなたがいなくなってるようで」

リリスルがこんなことを言っているが、別にシャレでもなんでもない。寿命の長い俺の『家族』たちは、一度寝たら本当に百年ぐらい寝てしまったりするのだ。だから俺とは今生の別れになることもある。

そんなふうに、俺がリリスルと話していると。

「これはいったいどうしたことだ⁉」

他の教官たちを引き連れて、おヒゲの立派なガタイのいい老人が試験会場に駆け込んできた。

「が、学院長！　見てください！　大岩が……」

教官が学院長に駆け寄って報告すると、学院長の目が大きく見開かれた。

「先ほどの爆音はあれか！　しかし、いったい何が起きればこんなことに」

「イカサマです、学院長‼」

学院長の前に異様な素早さで滑り込んできたのはビビムだった。

「あの田舎者が訳のわからないトリックを使って、大岩をあのような無惨な姿に変えたのです！　どうか、即刻あの田舎者を学院から追い出してください！」

ありゃりゃ。あんなにちゃんと見せたのに、まだ信じてないのか。

「そ、その通りです学院長！　学院の神聖なる試験を汚した罪は重い！　このまま永久追放としましょう!!」

教官殿もか。困ったな……このまま不合格になったら、俺の使命が果たせなくなってしまう。そうなると、裁定権は俺からリリスルに移ってしまうんだけど……。

「田舎者？　平民にあんな真似ができるわけが……」

学院長が何かを言いかけて、その視線がリリスルで固定された。

「――――あ、貴女様は……!!!」

学院長にリリスルがにっこりと笑いかける。

「あら、お久しぶりですね学院長。随分《ずいぶん》とお変わりになられましたが、元気そうで何より」

「リリスル様！」

学院長がビビムと教官殿を押しのけて、リリスルに傅《かしず》いた。ふたりはもちろん、他の受験者たちも呆然としている。

「このような人間の学院ごときに、貴女様がいったいどのようなご用向きで……!?」

「ああ、いえ。そうかしこまらずとも。わたしはかわいい『弟』の活躍を見に来ただけですので」

「『弟』殿……？」

顔を上げた学院長が、俺のほうをまじまじと見た。

「いや、しかし……彼は？」

「ええ、お察しの通り人間ですよ。それでもわたしたちの森で育った家族なのです。ところで話を総合するに、どうやらあそこの小石を割ったのは『弟』のアイレンの模様。試験は合格に見えます。しかし、どうもあれら殿方の話がよくわかりませんね。『田舎者』がどうとか……？」

「いやあ、リリスル。それは俺のことだよ」

「……田舎者が？」

俺の言葉を聞いたリリスルの瞳孔《どうこう》が、すぅっと細まった。

「ふぅん、そうなのですね……」

あれ、なんかリリスルってば竜闘気を出そうとしてない……？

「とどのつまり、あちらの方々は『弟』を……『わたしのアイレン』を田舎者呼ばわりした挙句《あげく》……試験で不正を働いたから不合格にせよと、そう言っているわけですか」

これは、まずい。リリスルが『わたしのアイレン』って口走ったときはマジギレ直前だ。あとひとつ何かきっかけがあれば、王都は灰になるぞ！

「して、貴方の裁可は如何《いか》に？　学院長」

ギロリ、と学院長を睨みつけるリリスル。

ここで俺が不合格になるとリリスルが『人類』をどうするか決めることになる。そうすれば何が起きるか、火を見るよりあきらかだ。

さて、人類の運命や如何に。

「ごうかくじゃあああああああああああああああああ‼」

学院長はガバッと上体を起こして、王都中に響き渡るのではないかという大声で叫んだ。

やったあ、合格だー！

「そんな！　何故《なぜ》ですか学院長⁉　あんな田舎者に！」

納得がいかぬとばかりに食って掛かるビビム。

「馬鹿者ぉ！」

「ひぃっ⁉」

学院長の叱責にビビムが跳び上がった。

ずずいっと、俺とリリスルを讃《たた》えるようなポーズをとる学院長。

「合格だ合格！　合格に決まっておるわ！　何故ならお前たちが見たのはイカサマでもトリックでもない！　真実だ！　それに、こちらの方々はお前たちが侮《あなど》っていいような御方ではない‼　こちらにおわす方は──」

「そこまでですよ」

俺たちを紹介しようとする学院長をリリスルが制した。

「合格。当然の結果ではありますが、ひとまず学院長……あなたが公平さを示した点を評価するとしましょう。ここで不正であるという訴えを聞き入れて不合格にしていたら裁定権はアイレンからわたしに移っていましたが。そうはなりませんでしたので……それでアイレン、あなたはどう思いますか？」

「……え。あ、うん！　問題ない！　ぜーんぜん問題ない！　俺は全然不当に扱われてない‼」

「そうですか。まああなたがそう言うのであれば良いでしょう」

リリスルが締めくくると、学院長が糸の切れた人形みたく、へなへなと崩れ落ちた。

「お忘れなく。『田舎者』呼ばわりについては不問ではなく保留です。あくまで見定めるのはわたしの弟……アイレンの役割ですからね」

ここにいるほとんどの『人類』は学院長の態度からリリスルが只者ではないと察したらしい。誰一人として反論なんてしなかった。

「クソッ……耄碌《もうろく》じじいめ！　あいつの不正、必ず僕が暴いてやる！」

ただひとり、ビビムだけは小声で俺たちに聞こえないよう毒づいている。

いや、俺にもリリスルにも丸聞こえなんだけどさ。お願いだからリリスル、そこでにこやかに笑わないで？　怖いから。

「はは……どうなっちゃうのかなあ、俺の学園生活……」

明るい未来予想図に暗雲が立ち込めた気がして、人知れずため息を吐く。

ひとりで頑張る気満々だったのに、まさかリリスルが来てしまうなんて。

どうやら俺の巣立ちは一筋縄ではいかないようだ。


「すっげー！　なんだこの部屋！　キラキラしたものがいっぱいだー！」

学院長に案内された部屋は、なんだかとにかくすごかった。まるで、宝の山だ。

ついついいつもの癖で蒐《あつ》集めたくなってしまう。

「トロフィーも随分たくさんあるんですね！」

戸棚にいくつも飾ってある小さな金色の像や杯が、学院の栄光を物語っている。

いいなぁ、これ欲しい。一個ぐらい分けてもらえないかな～。

などと思っているとリリスルがこほん、と咳払いをひとつした。

「アイレン。ここには面談で来ているのです。礼節を忘れてはなりません」

「あ、そうだった！　すいません！」

「い、いえいえ。気にすることはありませんよ。好きなだけ見ていってください……」

学院長はそう言いながら額から流れる水滴を頻繁にふき取っていた。この人はきっと汗っかきで暑がりなんだな。

満足するまで見せてもらった後、俺とリリスルは豪華そうなソファーに着席を勧められた。フカフカで座り心地抜群だ。隣にリリスル、対面に机をひとつ挟んで学院長。とっても高そうなお茶まで出してくれた。

ああ、なんだか緊張してきたなぁ。

「ひとまずアイレン君には、これを授与します」

学院長が引き出しから、少し白っぽいキラキラしたものを取り出した。

「おー、すごい綺麗《きれい》ですね。なんですこれ」

「プラチナバッジです。さあ、そんなのは外していただいて結構ですから。どうぞどうぞ」

あー、そういえば入り口で渡されたのは俺のだけボロボロのバッジだったな。早速お言葉に甘えて付け替える。

「おおー、なんだか合格したって実感が湧いてくるなー!」

「とてもよく似合っていますよ、アイレン」

リリスルの笑顔に俺は満更でもない気分になった。

学院長も笑っているけど、なんだかぎこちない。

「ええと、それでですね。今後のカリキュラムの説明をさせていただこうと思うのですが」

「お心遣いありがとうございます。ですが不要です」

学院長の提案をリリスルがきっぱりと断った。

「既にわたしが把握していますので、アイレンには伝えておきましょう。それよりも……あなたも知りたいのではないですか?　なんの目的でアイレンが学院に入学するのか」

「そ、それはもちろんです。是非お聞かせ願いたいと……」

どうやら俺は黙って聞いていればいいみたいだ。大人しくしてよう。

「一言でいえば、わたしたちは人類を試しに来ました」

「じ、人類をですか？　王都学院を、ではなく？」

「ええ。皆さんには試金石になっていただきます。すなわち――」

一呼吸を置いてから、リリスルはおごそかに宣言した。

「人という種を生かすべきか、それとも殺すべきかの」

学院長が言葉を失い、ハンカチを取り落とした。ぶわっと噴き出した汗がテーブルの上に滴《したた》り落ちる。

「それは、いったい、如何《いか》なる意味なのでしょうか？」

かろうじて紡《つむ》ぎ出した言葉はかすれきっていた。

対するリリスルは瞳に悲しみをたたえながら答えていく。

「言葉の通りです。わたしたち『竜王国』は意見がふたつに分かれているのですよ。今まで通りに人と共存するか……あるいは自然への敬意を失い、我々の森を勝手に荒らし、蓄えた宝や眷属竜《けんぞくりゅう》の卵まで盗んでいってしまう人類を絶滅させるか」

「そ、それは……！」

学院長がガタッと椅子を弾き飛ばしながら勢いよく立ち上がった。

その挙動をリリスルは咎《とが》めたりせず見据える。

「確かに人間の中にはそういう不届きな輩《やから》がいるかもしれませぬ！」

「かも、ではないです。いるのです」

「いるのでしょうが！　それはほんの一部かと！　それなのに彼らの責を全ての人々……老若男女問わずに全て殺してしまうというのはさすがに‼」

「種全体に責はない、と。わからぬでもないです」

「わからぬでもない⁉　それ以外に何があるとおっしゃいますか‼」

そのような言葉は一切受け入れられないとばかりに、リリスルに向かって叫んだ。

学院長からは先ほどまでの怯《おび》えというか、遠慮のようなものがなくなっている。

そんな学院長を見てもリリスルは至って平静を保ったまま、首を横に振った。

「それは人類側の理《ことわり》。我らには我らの理があるのです。あなたがたはその一部の人間たちを何故止めてくださらないのですか？」

「止めないわけではないです！　取り締まりはきっと――」

「きっと？　そうですか……わかりました。では、もうひとつ。どうして事前に賊を間引いてくれないのですか？」

「間引く……ですと⁉　我らにも法はあります！　しかし、各領地ごとによって裁きも異なりますし……！　そもそも領域侵犯が問題ということでしたら、あなたがたが彼らだけに、その……しかるべき裁きを下していただければ！」

「つまり一部の人の非礼は、我らがコストを払って対処せよと？　それこそ道理に合わないのではありませんか」

学院長は口をぱくぱくさせながら次の言葉を探しているけど、出てこないみたいだ。

リリスルが悲しそうに天井を見上げる。

「あなたたちは昔からそう。我らが古《いにしえ》の盟約に縛られていると思って、冒険者を名乗る者たちが大切なものを奪っていきます……」

もはや戻らない懐かしき日々を思い出しているかのような口調で、リリスルは人類が竜王国に何をしたかをとつとつと語り始めた。

「彼らはわたしたちが何十年、いえ何百年もかけて築き上げた先祖を祀《まつ》る慰霊殿《いれいでん》を略奪し、破壊しました。皆、心が割れそうで、咆哮《ほうこう》が三日三晩鳴り止みませんでした。またあるときは眷属竜の卵や子竜を攫《さら》っていきました。貴族に高く売れるのだそうですね。母竜が報復もせず泣いているだけなのは復讐の連鎖を避けるためだとご存じでしたか？」

「なっ……普通の竜は子供など大して気にも留めない冷血な生き物だというのが有力だとされていたが……」

学院長が信じられなさそうに首を横に振る。

「竜王国は、遠い昔に人類と不可侵の盟約を結んでいます。本来なら我らの森に人は立ち入らないはず。なのに、一部の冒険者たちが禁を破って押し入ってきます。わたしたちは盟約に従い……彼らをひとりも殺していませんでした。これまでは捕らえた冒険者たちの命乞いも全て聞き入れてきました。しかし、彼らは何度でも現れて、捕らえられればまた命乞いをする。同じ顔がいることも珍しくはありません。そしてまたやってくると薄々感じながらも彼らの訴えを信じて解放して、また裏切られるのです。わたしたちは、いつまでこんなことを続けねばならないのでしょうか。いったいいつまで、大切なものを失う痛みを味わい続けねばならないのですか?」

苦しげに胸を抑え、唇を噛むリリスル。

見ていられなくなって、その細い肩をそっと抱き寄せた。

「アイレン……」

紅色の瞳を潤ませて、こちらを見上げるリリスル。

俺は一度だけ頷いて、体を放す。

次の瞬間には、いつものリリスルに戻っていた。

「失礼、取り乱しました」

「い、いえ……」

「話を戻します。つまるところ、あなたがたに『彼ら』全員を止める術《すべ》はない。または努力はしているが能力不足ゆえに成果は出ていない。そして、どの人類が『彼ら』になるかわからない。いずれにせよ、為《な》すべきことを怠《おこた》っているのはあなたがた人類のほうなのは間違いないでしょう？」

「私如きでは……お、王に判断を仰《あお》がねば」

「そこからして既に違うのですよ」

リリスルがすっと立ち上がり、学院長の瞳を鋭い眼光で射抜いた。

「我ら『竜王族』が人類に問うているのは、ひとりひとりの意識なのです。我々の価値観を押しつける気はありませんが、見ているものが何なのかは全員に正しい認識を持ってほしいのです」

竜王族。

竜でありながら、人と同じ姿を取ることもできる無限の寿命を持つ超越種。リリスルをはじめとした百五十の竜王族が統《す》べる竜王国、その総意が今回の『人類裁定』だ。

今から人類は竜王族に試される。これは決定事項であり、もはや覆《くつがえ》すことはできない。

「わかります。その悲しみ、いかばかりか。ですが、だからといって皆殺しというのはあまりに……あまりに理不尽ではありませんか」

学院長が項垂《うなだ》れるようにテーブルに手をつき、視線を下に落とした。

リリスルが淀《よど》みない口調で告げる。

「その通りです。そう考えてきたからこそ、我らは蛮行に耐えてきました。そしてあなたがた人類は我々の好意に甘え続けてきました。ですが、あんなことが起きた以上は……」

「あんなことですか……？」

「もはや人類とはわかり合えないのではないかと我らが思うに至った最大の理由。それは、竜王族の赤子を誘拐しようとする者が現れたことです」

「な――」

「そう、ついに我らそのものに手を出す愚か者が現れたのですよ。幸い未遂で終わりましたがね。下手人は悪い意味で我らの顔なじみになったいつもの冒険者です。事ここに至ってもはや盟約は人類によって破棄されたと見なすには十分過ぎました。いつも通りに帰れるだろうとヘラヘラ笑っていた彼らには、もちろん相応の報いを受けていただきました」

学院長は完全に言葉を失っているようだ。無理もない。竜王族そのものに手を出したら、盟約も何もない。つまり、本来なら人類はとっくに滅ぼされていたって不思議ではなかった。

そう……『人類裁定』は竜王族がかつての友である人類にかける最後の情けなのだ。

「我ら竜王族は気の長い種族ではありますが、次にいつ子供を奪われるかもしれないとなってはさすがに黙っていられません。人類さえいなくなれば、安息の日々がやってくる……それは間違いのない事実。そうではありませんか？　だからこそ我らは人類を裁定すると決めたのです」

「しかし、竜王族と我々とではあまりに物の見方にズレが……!!」

「だから『アイレン』なのですよ」

ようやく俺の名前が出てきたか。なんかみんな立っちゃって居心地悪いし、俺も立っておこう。

「人であるアイレンが人類の価値を見定め、我らに伝える。これであれば公平でしょう?」

「そ、それは……そうかもしれませんが」

「逆に言えば、人《アイレン》に見捨てられる人類など竜王族が心を砕いてまで配慮する生命ではないということになります。我らの中にある一抹の迷いも晴れましょう」

「そ、そんな……ご無体な……!」

「残念ですが、これは最後通牒なのです。諦《あきら》めてください。アイレンが人類に生かす価値なしと裁定した時点で、我らはあなたがたを滅ぼします。そして、アイレンが不当に扱われたりした場合はわたし自ら王都を焼き尽くして差し上げますので、そのつもりで」

後半は完全に私情って感じだけど、突っ込むとあとで怖いからやめておこう。

「でしたら、せめてこのことを生徒の皆に――」

「駄目です。王族や筆頭貴族に伝えるのはかまいませんが、生徒や平民、下級貴族に伝えるのは許しません。竜王族を恐れる人々を裁定しても何の意味もないですからね。アイレンにはありのままの、普段の人類を見せたいので。ああ、それと、わたしがいないところで話せばバレないなんて思わないでくださいね。発覚した時点で、裁定は終わりです」

話も終わりだとばかりにリリスルが扉へと向かうので、俺もあとに続く。

そして、最後に振り返って学院長にこう告げた。

「そういうことですので王に伝えてください。古の盟約はもはやあなたがた人類の手で破棄されたと。我らは人類を裁定し、生かすか滅ぼすかを見極めるつもりであると」


「ふぅ……ついにこの日を迎えたぞ」

それから一ヵ月後。

一度故郷に帰った俺は、再びセレブラント王都学院の廊下を歩いている。

先日、白い目で見られながらも入学式も無事に済ませた。今日から実際の授業が始まるのだ。

ちなみにリリスルは「他にやることがありますから」と名残惜しそうに見送ってくれた。

入学してからは王都で生活するから、しばらくみんなと会えないけど……。

「いや……俺はこの学院で、今度こそ新しい人類の友達を作るんだ！」

この日のために俺は貴族の礼儀作法全般を頭に叩き込んで、どこに行っても恥ずかしくないマナーを身に着けた！　さらにセレブラント王国の歴史も学び直して、建国から今に至るまでの歴代の王様とか偉人とかをそらで言えるようになった！

このアイレンに入学試験のときの穴はもはやないと思っていただきたい！

そんなふうに思っていた時期が、俺にもありました。

俺の友達百人計画は、早くも頓挫《とんざ》してしまったのである。

俺が在籍することになったのは『王賓《おうひん》クラス』。このクラスは王族、その血縁である公爵家、他国の王子……そしてその関連令嬢たちなどで構成されている。つまりここは未来の国政を担《にな》うであろうトップエリートたちが集まる最上流教室。普通の貴族の生徒ぐらいでは在籍すら許されない。

そこにぽっと出の俺なんかが入ったら……。

「なんだ、今年はネズミが混ざったか」

「おいおい……勘弁してくれよ」

当然、誰一人として俺に近づこうとはしない。

学習した礼儀作法によると、公式の場以外で王族に話しかけるのはご法度《はっと》とされている。竜王国の使者であることが生徒たちに秘密にされている以上、俺の扱いはあくまで平民。つまり、俺から声をかけたりするのは許されない。誰かに話しかけてもらえるまで待つしかないのだ。

　彼らは俺の実技テストを見ていない。王侯貴族の子供であれば試験に合格できるだけの教育や訓練は必ず受けているから入学試験が免除される。だから何も知らない彼らが平民と同列扱いされたように感じるのは仕方ないと思う。

　王賓クラスに俺を入れたのは学院長なんだろうし、気を遣ってくれたのかもしれないけど……。

「まさかとは思うけど、このままずっとみんなに無視され続けるんじゃ……」

　そんな不安が胸をよぎったときのこと。

「ちょっと君、いいかね？」

「あっ、俺ですか⁉」

　銀髪のすらっとした体型の美男子が、いきなり俺に話しかけてきた。

「フン……君以外に誰がいるというのだね？」

　不愉快そうに鼻を鳴らしているところをみると、この人も友好的ではないらしい。

　ていうか俺、知ってるな。この人のこと。

「そうですよね。お初にお目にかかります、王太子殿下」

「む？　自己紹介はしていなかったと思うが……そうか、私を知っていたか」

銀髪の青年が意外そうに眉をひそめる。

よーし、しっかり予習しておいてよかった！

「左様《さよう》、セレブラント王国の王太子リードだ。君だけは顔も名前もわからなかったものでね」

王太子の称号はセレブラント王国において第一王位継承者という意味で使われる。つまり、リード王太子は次期国王に一番近い立場にある人だ。

「名はなんというのだ？」

「アイレンと申します！　どうかよろしくお願いします」

「ああ、よろしく頼む。アイレン」

リードは手の甲を差し出してくる。その口端はわずかに吊り上がっていた。ひょっとすると、こちらに恥をかかせる気だったのかもしれない。

俺は跪《ひざまず》いてから両手で下からリードの手を受け、うやうやしく一礼した。手の重みがなくなったのを確認してから立ち上がり、頭を上げる。するとリードがかなり驚いた様子で俺のことを見ていた。

「馬鹿な。どうして宮廷の作法を……いや、なんでもない。王賓クラスに入る最低限の条件は満たしているようだな」

「もったいなきお言葉です、王太子殿下」

「……いいか、ここでは身分を弁《わきま》えろ。何も問題を起こすな」

そのままリードは俺への興味を失ったかのように視線を切り、去っていく。

どうやらこのやりとりは周りから注目を集めていたみたいで、ほんの少しだけど俺を見る目が柔らかくなった。ひょっとしてこの流れなら他のクラスメイトも俺に話しかけてくるのでは……!?

などと思っていると。

「おー。よかったぁ、間に合ったよー！」

教室の扉が勢いよく開いて、ばたーんとすごい音がした。紳士淑女の揃う王賓クラスではまずあり得ない事態に、クラスメイトの非難の視線が扉へと集中する。

しかし、彼らの瞳はすぐさま驚きに見開かれた。

教室に現れたのは青みがかった水色のツインテールを揺らした小柄な美少女。くりっとした大きな目を輝かせながら快活そうな笑顔を浮かべている。各国の王子が宝石の如き美貌に息を呑み、令嬢は嫉妬すら忘れて言葉を失っていた。

しかしその中でただひとり、リードだけは雷に打たれたんじゃないかって思うぐらいにすぐ動いた。素早く優雅な動作で少女の前に立って一礼する。

「し、失礼！　どちらのご令嬢かは存じ上げぬが、私は――」

「あっ、アイレンだーっ！　やほーっ！」

しかし無情にも少女はリードの横をすり抜けて俺のもとへと駆け込んでくる。

そう、少女は俺のよく知っている顔をしていた。

「ミィル⁉　なんで――」

ここにいるはずのない小さな姉の姿に戸惑っていると、ミィルが照れ臭そうに笑った。

「えっへへー。あたしもこの学院に入学したの。あたしも行きたいって言ったら、ねーさまがいいよって！　ねーねーアイレンびっくりした？」

「そりゃそうだよ！　でもなんで……？」

「うん、驚かせようと思って秘密にしてたの！　そういうわけで今日からよろしくねー！」

まさかの『家族』の登場に、俺の独り立ちはいよいよ怪しくなってきた。リリスルが登場した時点でもう駄目だったのかもしれないけど。

「チッ……平民風情《ふぜい》が、調子に乗るなよ」

しかもリードが憎々しげにこちらを睨んでいた。

なんだかいらぬところで恨みを買った予感がするんだけど……。

こうして俺の学院生活は混沌の様相を呈しながらも、慌ただしく始まったのだった。


あれから、さらに数日。授業も最初のうちは学院での過ごし方とかオリエンテーションみたいなのが中心なので、これといってトラブルもなかった。

予想通り、授業と授業の合間に俺のところにやってくるのはミィルだけ。今のところミィルに声をかけようとする男子は現れていない。王太子リードみたいに相手にされず恥をかくのを恐れているんじゃないかってミィルが言ってた。

「あの子はいったい何者なんだろう」

「美しい……俺の国に嫁いでくれないかなぁ……」

すっかり男子の視線をミィルが独占している。

「それにしてもなんであんな奴があの子と……」

「フン、実技が始まったら身の程を思い知ることになるさ」

陰口を叩かれるのは相変わらずだけど、俺とミィルの仲を妬《ねた》む内容がほとんどになった。

「ああ、ミィル嬢……おのれアイレン……」

その中でもとりわけ凄まじいのがリード王太子だ。そこまでミィルが好きになったなら素直に話しかければいいのに……。

「なんなのよ、あのミィルとかいう女……」

「平民のくせに……」

そして案の定、ミィルは女子のやっかみを受けていたのだが……ヒソヒソと囁く令嬢たちのところにミィルはトコトコと歩いて行って。

「なーに？　あたしに言いたいことがあるなら、なんでも直接言ってねー！」

などと、笑顔でのたまったのだ。

それからというもの、教室内でミィルを悪く言う生徒はいなくなった。

「なあなあミィル。王族にはこっちから話しかけちゃいけないんだぞ」

と、俺が注意してはみたものの。

「それって宮廷とか公の場での話でしょ？　学院の生徒は平等ってことになってるんだからいいの。ましてやクラスメイトだよ。アイレン気にしすぎー」

そういえば教官もそんなこと言ってたけどさ。まあ、ミィルは建前とか気にしないか。

「うーん、礼儀作法の習得は徒《あだ》だったのかな？」

「そんなことはないと思うよ！　どんな場でも軽んじられたら不快に思う人はいるだろうし。時と場合によるよー」

楽しそうにしゃべりながら机の上に乗って足をぷらぷらさせているミィル。王賓クラスでそんなことをしている女子は彼女だけだ。それでも誰にも咎められないのは、この子の気質によるところが大きい。

いわずもがな、ミィルは竜王族だ。俺の姉のひとりだけど、その中では一番若くて、俺と同様みんなにかわいがられている。底抜けに明るくて甘え上手で話し相手の感情をくすぐるのが得意な、太陽みたいな女の子だ。

「んー、あたしの場合は相手が女子だからさっきみたいな対応でいいけど、男だとプライドとか面倒くさいしね。まあ、実技授業が始まったらいろいろ変わると思うよー」

「だといいけどなあ……」

嫌でも入学試験の実技テストを思い出してしまう。

　また不正だ不正だと騒がれないといいけど。

「ていうか、ミィルはどうして来たんだ？　やっぱリリスルみたく『人類裁定』絡みか？」

「んー？　確かにアイレンを補佐してあげなさいとは言われたけど、正直そっちはついでかなー。一番の理由はね、外の世界がおもしろそうだったから！」

「つまり、俺と似たようなモンか」

　それほど意外な答えでもなかった。ミィルは竜王族の中では一番最初に物心のついた俺と仲良くしてくれた友人でもある。人間に一切偏見がなくて、自分が興味のあるものにまっすぐ向かっていくミィルには俺もなにかと助けられた。

　まあ、いろんなところに引っ張りまわされるのは大変だったけど……。

　俺が人類裁定で学院に通うって話になったときに、一番いっしょに行きたがっていたのもミィルだ。粘りに粘って人類裁定は俺ひとりでやれることになったけど、俺とは別口で入ってきちゃったってわけだな。

「それにしても人間が怖いから全部滅ぼしちゃうって、ねーさまたちも極端だよねー」

「え？　ああ、うん。まあ、それは俺も思うところはあるけど……」

比較的ではあるけど、ミィルは俺と価値観が近い。人間そのものとは言わないまでも、物の見方が竜王族らしくないのだ。個人主義というか、実際に会話してひとりひとりを見極めるみたいなスタンスを貫いている。だからといって人間に理想を見ているわけじゃないし、竜王族全体の決定に逆らったりするほど人類の肩を持っているわけでもない。

正直言って孤立してしまった俺の話し相手としては、これ以上ないほど理想的な姉だった。

「ミィルが来てくれて、正直少し気が楽になったよ。俺ひとりじゃ荷が重すぎたみたいだ」

「えっ、そーなの？　やたっ！　あたしね、ちょっとでもアイレンの役に立てたらなって思ってたんだー！」

心の底から嬉しそうなミィルを見てると胸がホカホカしてくる。

「な、なんて可憐《かれん》なんだ……！」

「素晴らしい。妾《めかけ》として……いや、正妻として迎えたい……」

打算なんてこれっぽっちもない笑顔に遠巻きにこっちを見ていた男子の何人かが魅了されていた。

「あちゃー……気をつけろよ。普通の人間の心理防壁は薄いから、愛想振りまき過ぎると大変なことになるぞ」

「それもそーだね。確かにアイレンが素の人類を見られなくなっちゃうし、気をつけなきゃ！」

竜王族の放つカリスマや美貌は一種の魔法のようなものだ。俺はきちんと精神修養の訓練を受けてるからへっちゃらだけど、普通の人間には刺激が強すぎる。王賓クラスだからか、さすがに卒倒する人まではいなかったけど下手をすると国際問題になっちゃうからなー。


セレブラント王国において、魔法は平民の憧れであると同時に貴族の力の象徴だ。特に同盟を結んでいるフルドレクス魔法国とは頻繁に政略結婚を繰り返して、サラブレッドを輩出している。

もちろん王宮でも魔法の腕前が重要視されている。平民でも魔法の腕さえあれば高い地位に就くことができるから、爵位を狙ってやってくる冒険者も多いんだとか。

そんなセレブラント王国で特に羨望《せんぼう》の目で見られているのがセレブラント王都学院。

ここでは一般教養やマナーも学べるけど、メインの授業は魔法だ。特に王賓クラスの生徒は家で家庭教師を雇っているのが当たり前なので、必然的に魔法の授業ばかりになる。

だから魔法の最先端を学べるってことで、俺も少なからず楽しみにしていたんだけど……。

「うーん……なんていうか基礎は今さらって内容だし……応用になると途端に粗《あら》が多いなぁ」

座学はほとんど知ってる知識ばかりだった。それがせめて復習になったら良かったんだけど、そもそも術式の効率の悪さとか、逆に魔法の効果を下げてしまってる装飾的な詠唱とかが目に入ってしまうと「それでいいのかな？」って疑問符のほうが先に浮かんでしまう。

「どうやら授業についていけないようだな」

「思ったより早くボロが出たわね」

俺が浮かない顔をしているのを見た貴族たちが嗤《わら》っているけど……正直、俺はみんながこの授業内容で満足できているのが不思議でならない。

「くー……すぴー……」

ちなみにミィルは寝てた。

寝顔に見惚れてる男子生徒の中にはリード王太子も含まれていて、この国は本当に大丈夫なのかと思う。

まあ、大丈夫じゃないから俺がここにいるんだけど。


そんなこんなで、いよいよ最初の魔法実習の授業だ。俺が大岩を壊した校庭に王賓クラスの生徒たちが集まっている。

「そういえば不壊の大岩がなくなってるわね」

「なんでも破壊されたから撤去されたらしいぞ」

「本当か？　そんなこと、いったい誰が……」

俺です。

と言ったところで誰も信じてくれないのはわかっているので、何も言わない。

「おいっちにー、さんしー！　にーにー、さんしー！」

何故か戦闘実習用の体操服に着替え済みのミィルが準備体操をしていた。俺も含めてみんなは王都学院の制服のままなのに。

「なんでそんな格好《かっこう》してるんだ？」

「んー、こっちのほうが動きやすいしねー！」

晴れやかな笑みを浮かべるミィル。

なんか授業内容を勘違いしてそうだけど、大丈夫かな？

準備体操が終わると顔を近づけて耳打ちしてきた。

「ところでアイレン、気づいてる？」

「ん？　ああ、まあ一応」

俺とミィルはいろんな意味で注目の的だ。そのほとんどは嫉妬や嘲笑《ちょうしょう》だけど、ひとりだけそうじゃない女子生徒がいる。話したことはまだないけど、どこの誰なのかはもう知っていた。

「まあ、別に害があるわけじゃないし」

「アイレンがそういうならいっかー」

その子から向けられている感情に一番近そうなのは疑念、あるいは警戒って感じ。

敵意とかではないから正直放置でいいかなーと思ってる。

いざ授業時間になると見たことのない教官がやってきた。

「おはようございます。私は魔法教官のマイザー。レンデリウム公爵家ゆかりの者です。王賓クラスを担当できることを誇りに思います」

王賓クラスを受け持つだけあって、なかなか腕の立ちそうな女性教官だ。身に纏《まと》うオーラが生徒たちとはまるで違う。俺たちにも一瞬視線を送っただけで、特に何も言ってこない。

「では、まずは皆さんに炎属性の魔法を使ってもらいましょう」

わずかにざわめきが起こった。なんで今さら、炎属性の魔法を……という顔をしてる生徒が多い。

しかし、マイザー教官殿は慌てることなく話を続ける。

「攻撃魔法の中でももっともポピュラーで、破壊力を上げやすいのが炎属性です。それは何故なのか……リード様、お答えいただけますか」

「炎属性は、水属性を除いたさまざまな属性と組み合わせることで威力を上げたり何かと応用の効く属性だ。土属性ならばマグマ、風属性なら熱風などを生み出せる」

リードの解答に他の生徒たちが驚いている。どうやら知らない生徒が多かったみたいだ。

「その通りです。さすがは王太子殿下」

「リード様、さすがですわ！」

「あなたこそ我らがセレブラントの誇りです！」

教官殿が笑顔で頷くと、他の生徒たちからも称賛の言葉とともに拍手が贈られた。

「当たり前のことを答えたまでだ」

そうは言うがリードは満更でもない様子だ。

「……うーん？」

確かに今のでも正解と言えば正解なんだけど……なんでリードともあろう者が、あんな間違いを？　マイザー教官殿も指摘しないし……。

なんて考えて拍手に参加してなかったら、リードに見咎められた。なんか、またいらぬ不興《ふきょう》を買ってしまったかも。

「……ところでマイザー教官。実技テストで不壊の大岩を壊した者がいるという話を小耳に挟んだのだが」

リードの呟《つぶや》きにマイザー教官殿が目を見開き、一瞬だけこちらに視線を送った。

マイザー教官は学院長から事情を聞いてるっぽいかな？　まあ、確かに生徒じゃないし人類裁定としてもセーフだ。

「リード様、その話は……」

「どうせならその者に手本を見せてもらうというのはどうかね？」

そう言うとリードは俺の目の前にやってきて肩を叩いて挑発的な笑みを浮かべてきた。

「そういうわけだ、アイレンとやら。入学試験ではうまくパフォーマンスしたようだが、この授業では頭を使ってもらわんとな？」

「……えっ？」

言葉の意味が理解できずに思わず聞き返してしまった。

「どういうことですか、リード様」

「まるでその平民が不壊の大岩を壊したようなおっしゃりよう……」

苦笑いを浮かべる生徒たちに向かってリードは真剣な表情のまま語り始めた。

「平民が王賓クラスに配属されたのは、何故か？　気になって調べてみたのだよ。緘口令《かんこうれい》が敷かれているわけでもなかったので、すぐにわかった。不壊の大岩を破壊したのは、このアイレンだ」

「不壊の大岩を……平民のネズミ如きが？」

「そんな馬鹿な……！」

生徒たちが騒ぎ始めるが、リードが手を挙げるとすぐに静まった。

「事実だ。そうであろう、マイザー教官」

「……ええ、そうですね」

マイザー教官殿も渋々といった様子で認める。

生徒たちはざわめきながらもそれ以上の異論を差し挟まない。

へぇ……リードの言うことだとみんな信じるんだなー。

「もっとも大岩の件が話題に上がったときにどうして名乗り出なかったのかは知らないが……」

「いえ、どうせみんな信じないかなって思ったからでして」

俺が頭を掻《か》きながら本音を漏らすと、リードはフッと笑みを浮かべた。

「どうせ何か後ろ暗いところでもあるのだろう。学院長の目は誤魔化せても、私には通じないぞ」

ほらー、やっぱりリードも信じてくれてないじゃん！

「待ってください、リード様。手本であれば私が――」

「不壊の大岩を破壊したのが真にアイレンの力であるというのなら！」

マイザー教官殿が焦りの混じった表情で割り込もうとするが、リードが突然大声で叫んだ。

「……炎の属性混合など造作もないことのはず。諸君、そうは思わないかね？」

リードがみんなを焚《た》きつけるように問いかけると、生徒たちが一斉に声をあげ始めた。

「そうだそうだ！」

「リード様の言う通り！」

「もし本当なら、できて当然よ！」

生徒たちの声援を受けたリードがしてやったりとばかりに笑みを浮かべ、俺を挑発するように両手を広げてみせた。

「さあ、やってみせてもらおうかアイレン！　まさかできないとは言うまいな！」

「できますか？　アイレン君。無理にとは言いませんが」

リードの挑発に対して、アイレンは誰がどう見てもひどく困惑しているように見えた。だからというわけではないがマイザー教官が嘆息しながらアイレンに確認を取ったとき、誰もがこう思った。

できない。できるはずがない。

こんな平民のネズミに自分たちの高尚《こうしょう》な魔法を扱えるはずがない、と誰もが確信している。

しかし、アイレンは事態をよく理解できていないような表情で頷いた。

「ええ、別にいいですけど……」

（フン……はったりだ。できるはずがない）

困ったように頭を掻くアイレンを睨みつけながら、リードは内心で独りごちた。

（情報には続きがある。貴様が不壊の大岩を破壊した手段は素手による物理攻撃だったという。言うまでもなく何らかのトリック……いったいどのような手を使ったかは知らないが、魔法に関する知識は皆無と見た）

この数日、アイレンを観察したリードはそのように結論づけていた。アイレンは魔法の授業についていけていない。リードにはそのように見えたのだ。

（今回の実演は突発的なもの。仕込みをする暇は与えない……なにかあれば私は必ず見破る！　せいぜいミィルさんの前でみっともない姿を晒《さら》すがいい、アイレン！）


なんだかややこしいことになったけど、要するに炎属性の応用を見せればいいのかな。

「アイレン君。あちらの線の上に立って正面に見える標的をどれでもいいので撃ってください。では、発動体の杖を」

マイザー教官殿が教練用の杖を渡そうとしてくれる。

「あ、いえ。大丈夫です」

「え？　ですが、杖なしでの魔法使用は……」

「発動体なしでできるよう訓練してますので」

マイザー教官殿が一瞬唖然としてたけど「アイレン君がそう言うのであれば……」と大人しく引き下がった。

「なんだ、杖なしか？」

「やっぱりできないいんじゃなくって？」

囃《はや》し立ててくる生徒たちに見送られながら、俺はマイザー教官殿に言われた通りに線が引かれた地面に立った。正面には魔法教練用の対魔標的が生徒全員分、きっちり横一列に並んでいる。標的の後ろは分厚い対魔壁になっているので、魔法を外しても学院の外に被害が出ることはない……とのことだったけど。

「うーん……強度が心配だな。あの対魔標的と対魔壁」

俺が実演しようと思ってる魔法は貫通力が高い。対魔標的はおろか、学院を囲う対魔壁も簡単に貫いてしまうだろう。

どうしたものかと首をかしげていると。

「フン……やはり馬脚を現したな、アイレン」

すぐ近くまでリードが来ていた。それ見たことかと言わんばかりの顔をしている。

「実技テストでの不正を認め、この学院を出ていくがいい。そうすれば――」

「はいはーい！　ミィルがお手伝いしちゃうよー！」

得意げに語るリードの台詞を元気のいい声が遮《さえぎ》った。

「ミィルさん!?」

リードが驚きの声をあげる。

「おっ、助かる！　じゃあ、あの的を加護《かご》で覆《おお》って支えててくれ。たぶんあのままじゃ壊れちゃうから」

「まっかせてー！」

勢いよく挙手したミィルが風みたいな速さで対魔標的に向かい、俺の頼みの通りにしっかりと支えてくれた。

なるほど、このときのために教練用の服に着替えてたのか。そこまで直感で読み切っていたとは、さすがは竜王族きっての感覚派天然。

「ん、ミィルがしっかり加護を張ってくれれば平気だな」

ミィルが支えた対魔標的の防御力がしっかり強化されている。これなら何も心配はないだろう。

しかし、今度はミィルの乱入に唖然としていたリードが摑みかかってきた。

「何のつもりだアイレン！」

「え？　何って炎魔法を――」

「嘘を吐くな！　何か得体の知れないトリックにミィルさんを付き合わせるつもりだろう！」

「えーっと……？」

リードは俺に実演させたかったんでは……？　わけがわからないな。

「リード様」

見かねた様子のマイザー教官殿がリードに声をかける。

「マイザー教官！　君も止めないか！」

「ご無礼を承知で申し上げますが、それ以上はセレブラント王家に泥を塗ることになります。どうか堪えてください」

「クッ……！」

歯噛みしつつもリードが引き下がった。

悔しそうというよりは、どうもミィルを心配しているように見える。案外いい人なんだなぁ。

っと、俺もしっかりやらないと。ちゃんとみんなにお手本を見せなくっちゃいけないわけだし。ここは手加減とか言わず、ちゃんとしたのを見せないとな。

炎属性はリードが披露した通り、属性混合の応用によって威力が向上する。ただ単に炎属性の弾を飛ばすだけならファイアーボルト。土属性と混ぜて燃える石礫《いしつぶて》を射出すればファイアーバレット。風属性で空気を操って火力を向上させればヒートフレイム。

だけど、俺がやろうとしているのはそのいずれでもない。

準備段階として両腕をしっかり加護でコーティングしてから、炎属性の魔力を集める。赤熱化した両手から魔法の炎が燃えあがった。

「えっ……あいつ今、詠唱したか……？」

「いえ、聞こえなかったわ……」

次に手のひらを合わせるようにして魔力を圧縮。このとき土属性の魔力を一瞬だけ混ぜて、射出するための単分子の弾体《バレット》を形成。手のひらの下部分はしっかりとくっつけたまま、指のほうだけを開いていく。このとき竜の口をイメージして、対魔標的へと向けた。発射前段階として風属性の魔力を手の周囲に纏わせて火力を上昇させる。

「なんだ……あいつはいったい何をしようとしている⁉」

熱風を手で防御しながら、リードが何かを叫んでいた。

マイザー教官殿が答える。

「……驚きましたね。アイレン君が混ぜ合わせているのは土属性と風属性です」

「三属性混合《トリプル》だと⁉　そんなこと、王家でも一握りの者にしか……」

「ええ、できません。そもそも術式からして、あれは我らが使用している魔法とは違います」

「馬鹿な……」

へえ、人類は三属性混合《トリプル》とか呼んでるんだ……なんかかっこいい。

でも、この魔法で使う属性は四つなんだよな。

「……バスターキャノン！」

最後の属性の役割は起爆剤……凄まじい爆音とともに単分子弾体が打ち出される。

狙い過《あやま》たず超高速の砲弾は対魔標的を撃ち抜いた。本来なら後ろの壁まで貫通するところだけど——

「んっ!!!」

標的を支えていたミィルが瞬間的に加護を強化して、貫通を防いでくれた。めり込んで行き場を失ったエネルギーが命中箇所を中心に破裂して、標的を木っ端みじんに打ち砕く。

だけどもちろん、ミィル自身には傷ひとつつかない。

「よし、うまくいったな。ありがとうミィル」

「どういたしましてー！」

俺のバスターキャノンなどなんでもなかったとでも言わんばかりに笑顔で手を振るミィルに、こちらも手を振り返した。

マイザー教官殿のところに戻って戦果を確認する。

「それでどうでした？　ちゃんとできたと思うんですけど」

「ええ、属性を混ぜ合わせる技術に関しては見事でした。ですが、今の魔法では皆さんのお手本としては何の参考にもなりません」

えっ、そんなー！

「な、なんだ。あいつてんで駄目だったみたいだな！」

「それはそうよね。威力はあったみたいだけど、ミィルさんが止めてしまった程度だし」

一様に驚いていた生徒たちがいつもの調子に戻って笑い出した。

マイザー教官殿が手をパンパンとはたく。

「そういうわけですので、皆さんはまず炎属性に土属性を掛け合わせたファイアーバレットの練習をしてもらいましょうか。できる方は前へ。アイレン君とミィルさんは向こうで見学していてくださいね」

何人かの生徒たちが挙手すると、マイザー教官殿の指示で俺と入れ替わりに対魔標的のほうへと走って行く。仕方なくミィルといっしょに指定された壁際まで下がって、実習教練を始めるみんなを眺めた。

「うーん、何がいけなかったんだろう？」

「さー？」

うーん…ミィルの直感でもわからないんじゃ、どうしようもないな。

ふたりして悩んでいると、そこにひとりの人物がやってきた。

「……さっきのはいったい何をしたんだ」

「えっ？　リード……様。どうしました？」

いつもミィルのほうを向いていたリードの視線が、今は俺の顔に固定されていた。

険しい顔つきのままリードが問い質してくる。

「土の弾体に圧縮した炎の魔力を注ぎ込み、風で威力を上げる……ここまではわかる。《三属性混合《トリプル》》そのものは私も見たことがあるからな。だがお前のやったのはあきらかに違う。理論上は可能とされているものの現実的ではない四属性混合《クアドラプル》だ」

あー……そっか、わかった。確かに今までの授業でやってた応用術式だと四つ属性を入れる術式容量《キャパシティ》はないもんな。マイザー教官殿が「お手本にならない」って言ったのはそういうことか。素直に二属性混合……たぶん人類が言うであろうところのダブルでファイアーバレットとか撃っておけばよかったんだなー。

それにしても、リードは何をそんなに気にしているんだろう？

「いや、この際どうやってやったかは聞かん。私が一番気になったのは、お前があの魔法を発射する直前、最後に組み入れた属性だ。あれはなんだったのだ？」

ああ、なんだ、そんなことか。まあ別に秘密ってわけでもないし教えても問題ないだろう。

「水属性ですよ」

「馬鹿な！　水属性だと⁉　炎は水を加えれば打ち消されてしまう！」

「確かにその通りですね。炎にとって水は反属性。炎は水で消えますから」

「ならば！」

「ですが、消える際に発生するエネルギーはゼロってわけじゃないんですよ。普通の火も水をかけたときにジュッとなるでしょ。魔法も水で消した火の強さが大きくなればなるほど、その爆発力はケタ違いになりますから」

まあ、その爆発力をきちんと処理できないとただの自爆魔法になってしまうんだけど。そこがバスターキャノンの難しいところだ。俺が自力で開発したときも魔法の師匠に「自殺したいのか、このたわけ」ってめっちゃ叱られたしなー。

「そん……な……」

なんだかリードは今の話にものすごいショックを受けたようで、そのままトボトボとどこかへ行ってしまった。

「あの人、どうしちゃったんだろうねー？」

「なんだろう。トイレじゃないかな」

なんてミィルと話していたんだけど。

結局、リードが授業に戻ってくることはなかった。

「ぬおおおおっ！」

学院の校舎裏。リードは壁に向かって杖を振るい、魔法を放っていた。

ファイアーボルト。

ファイアーバレット。

ヒートフレイム。

いずれも完璧な詠唱、完璧な属性配合で放たれている。これまでのリードであれば、その出来栄えを自画自賛していただろう。

しかし、今は……これからは違う。

リードの魔法は対魔壁の校舎には傷ひとつつけられていない。対魔壁は魔法に対して、教練場の対魔標的と同じ硬度を持っている。つまり、アイレンにできたことが今のリードにはできないとはっきりしたのだ。皮肉にも誰より優秀だったリードだけが、生徒の中で唯一、この事実に気づいていた。

「クッ……」

最後に魔法の名前すらわからない炎属性と水属性の混合に挑戦するリード。しかし、彼自身が生徒たちに説いていたように……魔力は打ち消し合うだけで何も起きなかった。

それまでは当たり前だと思ってきた現象に、リードはがくりと項垂《うなだ》れる。

「奴の力も……知識も……全て本物だというのか……」

リードにとって、セレブラント王家に生まれたことは誇りだった。

魔法の天才と呼ばれ、当たり前のように王賓クラスに属し、首席で卒業するところまでが約束された道だとばかり思っていた。

だが、予想だにしない障害が現れた。

リードの中で嘱望《しょくぼう》されてきた将来が、みるみるうちに色あせていく。

「いや、私は認めんぞ……セレブラントの名にかけて、あんなどことも知れぬ男に負けるわけにはいかん！」

この日、リードは生涯をかけて誓う。

いつの日か必ずアイレンに勝つと。

負け知らずの王太子にとって生まれて初めて負けたくないと思う相手、すなわち好敵手ができた瞬間だった。

第二章　魔法実習

The Strongest Raised by DRAGONS

セレブラント王都学院の生徒手帳の見開きには院則《いんそく》が書かれている。

やれ学院の生徒として恥ずかしくない行ないをせよとか、生徒同士の喧嘩《けんか》は両成敗だが決闘は除くだとか、そういう感じのがずらーっと並んでいるのだ。

人類裁定をする身として恥ずかしくないよう、俺も入学前にその全てを頭に叩き込んでいる。ミィルは院則を知らなかったけど、ぴらぴらっとめくって全て丸暗記していた。

その中に、こんなルールがある。

『生徒は全員が学院寮で寝食を共にすべし。しかし平民はその限りにあらず』

学院長に確認したところ、まず貴族たちは平民といっしょに生活することを嫌がるのだという。

平民にしても貴族たちと暮らすのは気が滅入る。だからといって貴族が実家の領地から通うのは現実的ではないため、平民が入学を希望する場合は宿屋暮らしになるか、実家の家族ごと王都に引っ越すということになる。平民は奨学金制度が利用できるものの、そのほとんどが入学試験でふるい落とされることがあまりに有名になったため、今では試験を受けること自体ほぼなくなっているらしい。

いや、そんなことはどうでもいいんだ。

要するに何が言いたいかっていうと、俺とミィルは寮生活ができないってことなんだよね。

なので当初は宿屋暮らしする気満々でいたんだけど……結果として学院長が手配してくれた王都郊外にある別荘を借りることになった。

最初は遠慮したんだけど、学院長がものすごい必死の形相で「リリスル様の弟《おとうと》君《ぎみ》にそんなことはさせられません！　使ってください！　後生《ごしょう》だから」というので、素直にお世話になることにしたんだ。

というわけで、俺とミィルはその屋敷から学院に通っている。当たり前のように朝食夕食メイド付きだ。おかげで貴族がどういう暮らしをしているのか、いい勉強になっている。

ある日の朝。

「アイレンぼっちゃま、手紙が届いてますよ」

着替えて朝食を食べにダイニングルームへ行くと、メイドのシェリーおばさんが手紙を持ってきた。シェリーおばさんは「ぼっちゃま呼びをやめて」って言っても絶対やめてくれない、いつもニコニコ笑っているおばさんだ。見た目は普通のおばさんだけど、ところどころ身のこなしが只者じゃない。人類裁定のことを話せないので、俺たちのことは学院長の親戚だけど事情があって平民っていう複雑な設定を伝えてある。

「手紙？　誰からだろ」

竜王族にも手紙を送る習慣はあるけど、この手紙にはセレブラント貴族の印が押された封蠟《ふうろう》がされていた。

つまり、リリスルや森のみんなからの手紙じゃない。

「あらやだ～。そんなの恋文に決まってるじゃないですか！」

「恋文？」

「令嬢が初心《うぶ》な乙女心をしたためた手紙ですよ！　いや～、ぼっちゃまも捨て置けないですねぇ。朝食はすぐ用意できますけど、ゆっくり読んでてくださいましね～」

何故《なぜ》か自分のことのように嬉しそうにスキップしながら去っていくシェリーおばさん。

うーん、他人の恋で盛り上がるのは人間も竜王族も変わらないな……。

となると、この手紙はミィルには見せないほうがよさそう。絶対にからかわれるし、リリスルの耳にでも入ったらまた『わたしのアイレン』とか言い出しかねない。

ともあれ、ちゃんとマナーに従ってレターナイフで封を開け、中の手紙を読んでみる。

内容は至ってシンプル。『今日の昼、学院の屋上で会いたい』とのこと。

「場所からして学院の生徒からか。差出人名はないし、誰だろ？　クラスメイトかな。でも屋上か～。確か立ち入り禁止になってたよな？　許可は取ってるのかな」

シェリーおばさんの言うケースはあり得ない。俺に話しかけようとする貴族の生徒はいないし。

となると、一番考えられそうなのは院則違反の私闘かな？　決闘ならみんなの前で堂々と申し込めばいいはずだから。

「ま、いっか。行けばわかるんだし」

人類裁定のモデルケースになるから行かないって選択肢はない。戦いになるかもしれないって気構えさえあれば、大抵のことはなんとかなる。

そういうわけで俺はお昼にミィルにも内緒で学院の屋上へと向かうのだった。

屋上の扉は開いていた。やはり許可を取って鍵を持ってきているらしい。

扉を開けると探し人はすぐに見つかった。見渡すまでもなく屋上にはひとりの女生徒しかいない。

「来てくれましたね、アイレンさん。いえ……来て、しまいましたのね……」

「あなたは……」

案の定クラスメイトだった。

腰まで伸びる金髪はともかく、左右の瞳が違う色をしているのは一度見たら忘れられない。はっきり言って王賓クラスの中でも一際輝いてみえる美少女だ。顔のパーツ配置も完全な黄金比で成立しているし、竜王族の姉さんたちに匹敵すると表現しても過言ではない。だけどせっかくの美しさは表情に見え隠れする憂《うれ》いで陰っている。俺に向けられる右の赤眼《せきがん》と左の碧眼《へきがん》には怯《おび》えすら混じっていた。

「ご機嫌麗《うるわ》しゅう、ラウナリース様」

貴族社会の礼に則《のっと》り、王族への正式な敬礼をする。

そう、相手は王族だ。彼女こそフルドレクス魔法国の第二王女ラウナリース。セレブラント最大の同盟国から留学してきている麗しき才媛《ロイヤルタレント》だ。

「そのような格式ばった挨拶はおやめください。わたしたちはクラスメイト同士なのだから、普通にお話しになって」

「そうですか。では御言葉に甘えさせてもらいます」

敬礼を解いて謝罪しながら内心で思わず嘆息した。

どうもまた不興を買ってしまったらしい。絶対これが正しいってものがないから人類とのやりとりは難しい。俺も人間のはずなのになあ……。

「えっと……手紙、読みました。俺に何か用でしょうか？」

真正面からまっすぐに見返すと、ラウナリースの身がわずかにたじろいだ。首を横に振ってから、緊張に負けじと深呼吸を繰り返す。

あれっ、これはひょっとしてシェリーおばさんの言ってた告白ワンチャンある？

「失礼しました。どうしても、あなたに聞かなくてはいけないことがありまして」

ラウナリースはあきらかに勇気を振り絞ろうとしている。ゆらゆらと泳ぐ赤と青の瞳からは葛藤が見て取れた。

「俺に答えられることでしたら」

誠意には誠意で返すのが、故郷の掟《おきて》。それ以上に俺がそうしてあげたいという気持ちから、可能な限りは応じようと頷き返す。

果たしてラウナリースの口から漏れた、それは——

「あなたはいったい何者なんですか？　いったい、何の目的でこの学院に？」

俺に、答えられないことでした。

「ええっとぉ……俺は、その、ただの平民っていいますかあ。おっしゃってる意味がわからないと言いますかあ！」

「アイレンさん、嘘がすごく下手なのね……」

ラウナリースからジト目が向けられる。

確かに故郷のみんなにもよく言われるけどさ！

「それはともかく！」

ラウナリースがコホンと咳払いをする。

「皆さんはあなたの力に気づかないどころか不正だトリックだと現実に目を向けられずにいます。ですが他の方ならいざ知らず『神眼』を持つわたくしを誤魔化すことはできません！」

「神眼？」

ラウナリースが手のひらで碧眼を隠し、右の赤眼だけで俺を見据えた。

「わたくしは生まれつき魔力や生命力を見られる眼を持っておりまして。あなたが先日の実習で見せた魔法が、人間が使う術式と違うことぐらいなら見通せるのです」

「な、なんだって……⁉」

そんなすごい眼を生まれつき持っているだなんて。さすがは麗しき才媛《ロイヤルタレント》……俺なんて魔力を感じ取るのですら死ぬほど訓練してようやくだったのに。

「わたくしたち人間の用いる術式には詠唱が必要です。何故なら詠唱とはご先祖様が代々伝えてきてくれた研鑽《けんさん》。歴史に他なりません。あなたはそれを用いずまったく異なる術式で魔法を使いました！　つまりあなたは……人間ではないのですね！」

とんでもないことを言い出したラウナリースに、俺は思わず叫んだ。

「ええっ⁉　俺は人間だよ‼」

「ええっ⁉　そうなのですか⁉」

何故かラウナリースまで叫んだ。

「どうしましょう、あなたの嘘が下手過ぎて逆に本当のことを言ってるってわかってしまったわ。わたくし、学友になんて失礼なことを……！」

ラウナリースがぺこりと頭を下げた。

「申し訳ありません。どうやらわたくしの思い違いだったようで」

「ああ、いや。それは別にいいんだけど……」

いいのかな？　ラウナリースは王族なのに、俺なんかに頭下げちゃって……。

「でも、だとしたら先日の魔法はいったいなんなのですか？　詠唱なしの術式なんて、見たことも聞いたこともないですよ。とても人間業《にんげんわざ》とは思えません！」

ラウナリースのいわんとしていることはわかる。詠唱はいわば魔術の公式。詠唱がないなら術式じゃないと言いたくなる気持ちも。だけど俺は現に詠唱なしで術を構築してみせた。

「詠唱ですかぁ……あれって逆に難しいと思うんですけどね」

「どういうことですか？」

「だって、詠唱で術構築が自動化されてる部分って変えられないじゃないですか」

ラウナリースの目が点になった。

「ええっと、おっしゃる意味がちょっとわからないのですが」

「いえ、だから今の魔法授業でやってる術式って全部が全部決まり切った形じゃないですか。あれだと細かいアレンジができないですし、できたとしても詠唱部分は下手に弄《いじ》れないから付け加えることになって無駄に容量《キャパ》食いますし」

「そんな。詠唱はご先祖さまから代々伝えられてきたものなのですよ。詠唱を使わないということは術式を全部一から作らねばならないわけで……」

あー……なるほど、人類ではそういう認識だったのか。道理でみんな何の疑問もなく授業を受けていたわけだ。

「いや、きっとその術式をそのまま使うだけでいいなら詠唱でもいいと思うんですけどね。こう、俺の場合は基礎部分を頭の中で随時構築する方法を体に叩き込まれたんで、どうしても詠唱を使う術式に粗《あら》が見えちゃうんですよね」

「随時構築ですか……⁉　信じられませんが、この眼で見ていますしね……すごいです。本当にすごい……」

頬を染めてうっとりするラウナリース。

「……ひょっとして好きなんですか？　魔法」

俺の問いかけに赤碧の瞳をキラキラさせながら、まるで愛の告白のように力強くラウナリースは宣言した。

「大好きです‼」

「そ、その……こんなことを言うと殿方には引かれてしまうんですが、神眼に映る魔力というものはとても美しく、筆舌に尽くしがたい輝きを持っておりまして。それにアイレンさんが魔力を効率的に美しく仕上げていく様を見てしまい、わたくしそれ以来夜も眠れず……それでこうして直接聞いてみたいと思った次第でして」

「そういうことだったんですね。いやあ、別にいいと思いますよ。俺は別に引かないですし」

「ほ、本当ですか⁉」

「ええ、かわいいもんだと思います」

俺に魔法を教えてくれた紫の姉貴はもっとヤバいしね……。

「か、かわいいだなんて……」

もじもじしながら照れ臭そうにするラウナリースを見た俺はなんとなく頭に浮かんだ疑問をそのままぶつけてみることにした。

「でも、どうして怯えてたんですか？　普通に聞いてくれればよかったと思うんですけど」

「アイレンさんとミィルさんがあまりに規格外過ぎて、こんな人たちが学院に乗り込んでくるなんて何か企《たくら》んでいるんじゃないかと思ってしまって」

とんでもないですラウナリース様、正解です。

それでだいたい合ってます。

「とっても勇気を出しました……とっても怖かったんです。それでもアイレンさんが何か悪いことをしようとしているなら、気づいたわたくしが止めなくてはいけないと思いまして。他の生徒の皆さんを巻き込むわけにもいきませんし、いざとなったら刺し違える覚悟で屋上に……」

ただならぬ決意を秘めているように見えたのは、そういうことだったのか。

「それで俺たちのこと、ずっと見てたんですね」

「気づいてらっしゃったの⁉」

「ええ、だってラウナリース様だけ他のみんなと全然俺たちの見方が違いましたもん。まあ、神眼のことを聞いたら納得ですけど」

敵意はなかったからミィルとも放っておこうと話してたのはラウナリースの視線だった。ラウナリースは王賓クラスの中でもトップクラスに評判のいい生徒だったし、関わると余計な恨みを買いそうだったというのもある。

「とにかく俺はみんなを害しようとなんて企んでいません。できるだけ平和に学院生活を送りたいと願ってます。だから安心してください」

竜王族が学院の生徒も含めた全人類を害するかどうか決める権利を持ってるけど、俺自身は今のところ人類に対して悪意を持っているわけではないので嘘は言ってない、たぶんだけど。

「よ、よかった。わたくし、もう、死ぬ覚悟もしておりました……万にひとつの勝ち目も見えておりませんでしたので、なんとか説得できないかとずっとずっと考えて……」

そうか。この人はこの人なりに、勇気を振り絞ってみんなのためにすごく頑張ってたんだな。

人類裁定、文句なく大加点です。

「ミィルさんにも謝らないといけませんね」

「あー、うん、そうですね」

ミィルにあとで口裏を合わせてもらわないと。さすがに竜王族だってことは口止めされてるはずだけど、ミィルだからなぁ。

いや、俺もそろそろボロが出そうだし……もう退散したほうがよさそう。

「あ、そろそろ昼休みも終わっちゃいそうですね。それじゃ俺はこの辺で――」

「お待ちになって！」

ラウナリースが去ろうとする俺を引き止めてきた。

「どうしました？」

「もしよろしければ、なのですけど……」

ラウナリースが赤碧の瞳をまっすぐ向けてくる。

意を決した表情で、その言葉を口にした。

「わたくしと部活を作りませんか？」

「ほええ。それで保留してきちゃったの？」

放課後の帰り道。俺から事情を聞いたミィルが目をぱちくりさせた。

「うん、まあね。ミィルもいっしょにって話だったから」

「えー、あたしはいいよー。おもしろそうだし。それともまだ何か不安なことでもあるの？」

「なんか人類裁定のことバレちゃわないかなって」

「へーきでしょー。あたしが竜王族だって言わなきゃバレるわけないってー！」

ミィルがいつもみたく気軽そうに請け負う。

「それに部活って、アイレンのやりたがってた学院らしい生活っていうのじゃないかなー？」

「うっ、それは確かにそうなんだよな……」

「あはは。そっか、だから保留なんだね。アイレンらしー」

きゃっきゃと笑っていたミィルの雰囲気が、少し真面目なものに変わった。

「あたしはむしろ人類裁定としても、やったほうがいいと思うよ」

「それはなんでだ?」

「ラウナと仲良くなったアイレンに、みんながどうするのか……見てみたほうがいいんじゃない?」

「え?　でもそれは……」

　王賓クラスの中で、俺はただでさえ腫物《はれもの》のように扱われている。そこにラウナリースが加わったりしたら確実にクラスメイトを刺激することになるだろう。

「それこそ人類の一側面みたいなのが見られると思うよ。森を侵す連中みたいなのがさー」

「むむ……」

　でも、確かにミィルの言うことも一理ある。中立的な立場から見ようと事なかれ主義を貫いていたけど……最近は無視されるばっかりだし、リードも突っかかってこなくなった。これで人類裁定ができているかって言われると、正直微妙かもしれない。

「いいのかな。怒るだろうなってことをわざとこっちから仕向けるのはおかしくないか?」

「別にわざと怒らせようっていうんじゃないんだよ?　ただ単に、ラウナと仲良くするだけ。やっかむのは仕方ないにしても、嫌がらせとかしてくるのは違うよね。何より人類のいいところばかり見ようとするのは、めーだよ？　ちゃんと悪いところも引き出して、きっちり裁定しなきゃ。ねーさまたちもきっとそう言うよ？」

「それもそうか」

人類が自分にとっておもしろくないことに直面したときに、どんなことをするのか。即座に滅ぼすべしみたいなのはないにしても、材料のひとつとして揃えておくべきかも……。

「わかった。じゃあ、やるって方向で返事しとくよ」

「やたーっ！　部活部活、ぶっかつ～♪」

俺の返事を聞いたら飛び跳ねて喜び始めた。

……やっぱりミィルがやりたかっただけじゃね？


果たして、ミィルが予言した通りの状況になった。

「それじゃあラウナ、よろしくねー！」

「はい！　ミィルさん、よろしくお願いします！」

このときの授業は三人以上の班で水属性魔法を使った作品を作る、というものだった。

「ははは、あいつと班を組もうなどという者はいまい」「それでもミィル嬢といっしょなのは羨《うらや》ましくはあるが」「本当にそれな」などと言われていたのだが、蓋を開けてみればミィルとラウナリースが俺の班に加わっていた。

ラウナリースは言うまでもなく王賓クラスの中で王太子リードに並ぶトップカーストだ。なにしろ最重要同盟国の第二王女なのだから、当然と言えば当然。

「ラウナリース様がどうして、あんなネズミの班に……」

「平民なんかより公爵令嬢たるわたくしのほうが……」

「美少女ばかりに囲まれてあんなの絶対にずるい……」

彼女を班に招待しようとしていた生徒たちの誰もが目を剝《む》き、歯噛みしていた。

例によって恨みがましい視線が向けられてくるけど、気にしない気にしない。

「よろしくお願いします、ラウナリース様」

「そんな他人行儀はやめて、アイレンさん。どうぞラウナとお呼びになって」

「えっと、じゃあラウナ。よろしく」

「ええ！」

花のように笑うラウナは、とっても嬉しそうだ。このやりとりに耳をそばだてていた侯爵家の息子がこの世の終わりのような顔をしている。リードに至っては、もはや無表情だ。

「班分けは終わったようですので、各々の班は提出する課題に取り掛かってください」

マイザー教官殿が仕切り直しに手を叩くと、それぞれの班が作品づくりに取り掛かった。

課題は水属性魔法のアクアコントロールで何かしらの作品を作ること。水を自在に操る魔法ではあるけど、緻密《ちみつ》で細かいものを創ろうとするのは難しい。操作が雑だと、すぐに水がバシャッと崩れてしまう。

「なにつくるー？」

「そうですね。お花などはどうでしょうか？」

「あ、いいかも！」

うんうん、女の子同士仲良くやれそうで何よりだ。それに水の操作ならミィルの独壇場だし、ここはひとつ見守って――

「アイレン！」

おっ、リードが絡んできた。

狙い通りといえばそうだけど、さっきの様子を見る限りちょっと意外。

「なんでしょう、リード様」

「私の班と勝負しろ」

誰も予想してなかった展開に、教室内がざわめく。

直接やり合う私闘ってわけでもないし、あくまで作品同士の競い合いなら……うん、特に断る理由はないかな。

「わかりました。ルールはどうします？」

確実に勝ちに来るつもりなら生徒からの多数決票とかかな？　それだと、正直勝ち目は薄いけど……。

だけど、リードの出してきた条件は意外なものだった。

「ラウナリース王女の評価が高かったほうの勝ちというのはどうだ？」

「えっ、でもラウナリース様はこちらの班ですし。あまりにこちらに有利になってしまうのでは？」

「その心配はない。彼女の神眼は嘘を吐かないからな」

なるほど、リードはラウナの神眼のことも知ってるわけか。

「そして、もしこの勝負に私の班が勝った場合……お前は二度とラウナリースに近づくな」

「そんな⁉」

リードの冷酷な一言にラウナが悲鳴をあげた。

「ラウナリース。君も王家の人間ならば、私の言わんとしていることはわかるな？」

「……っ！」

リードの高圧的な言い方にラウナは俯《うつむ》き、黙り込んでしまう。

「……もし俺の班が勝ったら？」

俺の問いかけに、教室内の空気が一気に凍りついた。

「なんだと！　貴様、平民の分際で！」

「リード様率いる我らに勝てると思っているのか！」

「そうよ！　不正入学した平民のくせに！　なんて恥知らずなのかしら！」

間を置いてから一斉に罵倒《ばとう》が飛んでくる。リード班の生徒だけじゃない。ほとんどのクラスメイトがリードの味方についていた。今までため込んできた不満を爆発させてるみたいだ。

「ねえねえアイレン」

ミィルが耳打ちしてきた。

「この流れでアイレンが断罪されたらリリねーさまがすっ飛んでこない？」

「あっ、言われてみれば……！」

一時の怒りと流れに任せて間違いを犯すことは竜王族にだってある。今回はある程度こちらから仕向けた形だし、彼らが俺に怒りをぶつけてくるからといって悪いとは思わない。

でも、リードがみんなの怒りを扇動《せんどう》するなら、リリスルが黙っていない。

自らの欲望を満たさんとする者に率いられた怒れる人類は、いずれ感情に任せて世界を破壊するでしょうとかリリスルは言ってたし。それは竜王族としても絶対に看過《かんか》できない未来のはず。

これは、ヤバいか……？

だけどリードはこちらを憎々しげに睨みつけてはいるものの、俺に痛罵《つうば》を浴びせてくることはしなかった。無言のまま手を掲《かか》げ、クラスメイトの全員に鎮《しず》まれと暗に伝える。生徒たちが従って教室が静かになって自分に注目が集まったのを確認してから、はっきりと告げた。

「私が負けたら二度とラウナリースのことに口出しはしないし、他の者にもさせない。これではどうだ？」

「はい！　それでしたら不足はありません」

それであれば極めて公平な勝負だ。文句なんてあるはずがない。裁定は継続できる！

「あはは。よかったねー」

ミィルが笑う。

本当によかったぁ～、あぶねー！

「勝つのは我々だ」

「こっちも負けませんよ！」

俺とリードの視線の狭間《はざま》で火花が散る。

「生徒同士の切磋琢磨《せっさたくま》は王都学院の良しとするところです。この勝負……不肖《ふしょう》、マイザーが見届けます」

成り行きを見守っていた実習担当のマイザー教官殿が正式に承認する。

こうして、俺とリードの班対抗の勝負が始まった。

「ひょっとしてあの人、ラウナのことが好きなのかなー？」

ミィルがあっけらかんと言った。

リードが好きなのはミィルだと思うけどなー。

だけど、ラウナは首を横に振った。

「いえ。実を言うと、リード王太子殿下はお姉様の許嫁《いいなずけ》なのです」

「へー、そうなんだ⁉　おもしろーい！」

ミィルがきゃっきゃと喜んでる。

リード、許嫁いたんだ。そりゃいるか。王太子なんだし。

「じゃ、あたし先に戻って下準備してるねー。ふたりはごゆっくりー」

ミィルが班テーブルに戻っていく。

何がごゆっくりなんだ……？

「アイレンさん……」

ラウナが不安そうにこちらを見つめてくる。

なんか気まずい。

「えっと、お姉さんってフルドレクス魔法国の第一王女なんだよね」

俺が訊《たず》ねるとラウナは悲しそうに笑った。

「はい。とはいえフルドレクスにも王太子はいますから。わたくしたちはあくまで政治の道具なのです」

ここでラウナが何故か頭を下げてきた。仮にも人類の王族が、平民ということになっている俺に。前にも同じことはあったけど、なんだかあのときとは様子が違う。

「申し訳ありません。せっかく部活を作れそうだったのに……」

「え、どういうこと？」

「リード王太子は芸術審美に関して特に才能をお持ちなのです。班に集まった皆さんの顔ぶれを見る限り、学院始まって以来の傑作が出来上がるのは間違いないかと思います。つまり――」

「ああ、そっか。俺たちの負けは決まってる……って言いたいんだね」

「残念ながら。それにわたくしはこの目に誓って忖度《そんたく》することはできません。作品づくりに参加することも……」

辛そうに目を伏せるラウナ。

「気にしないでいいよ、見えたままを評価してくれれば」

「えっ、でも……」

「心配しないで、頑張るからさ」

俺が班テーブルに戻ろうとすると、ラウナが俺の袖を掴んだ。

「ラウナ？」

「その……わたくしはアイレンさんを応援しておりますので！」

まっすぐに赤碧の瞳を向けてくるラウナ。

その無垢《むく》な信頼に応えるべく、俺は笑顔で誓う。

「ああ、絶対に勝つよ！」


「両班、そこまで」

実習時間いっぱいが使われ、マイザー教官殿が作品制作の終了を宣言した。

他の班は既《すで》に課題提出を終えており、実習教室の端に寄って勝負の行方を見守っている。もっとも生徒全員がリードの勝利を確信している様子ではあるけど。

「まず、リード様の班からご披露のほどをお願いします」

マイザー教官殿の指示が飛ぶ。

仕切りが用意されたので、これまで互いの班テーブルが見えない状態だった。ついにお互いの作品がお披露目される。

「それでは御覧《ごらん》に入れよう」

リードが指をパチンとならすと、班の生徒たちによって仕切りがどけられた。

果たして、そこに鎮座していたものは――

「わぁ……」

先に漏れたのはラウナの感嘆の声。次いで生徒たちの称賛と歓声だ。

それもそのはず、リードの班テーブルの上にはひとつの『世界』があった。

「どうだ、ラウナリース。我らが創り上げた作品は」

それは、氷でできた小世界だった。

ここにいる全員が見たことのある王都学院を班テーブルの上で再現したジオラマ。

誰がどう見ても微細《びさい》にわたって完全な再現であり、完璧な出来だった。

「素晴らしい。素晴らしいです、リード様……これは文句のつけどころなどありません」

……確かにすごい。同じものを創れと言われても、果たしてできるかどうか。

いや、これはそもそも個人で手掛けるような作品じゃない。班の全員が力を合わせて築き上げた、まさに人類の叡智《えいち》の結晶だ。

「……他の班の皆さんも、よく見ておくように。これほどの作品を目にできるのは百年に一度といったところでしょう」

マイザー教官殿の言葉を受けて、生徒たちがリードの班テーブルの前に殺到する。

もはや雌雄《しゆう》は決したといわんばかりの雰囲気だ。

「悪く思うなよ、アイレン」

リードも結果は揺らがないと確信しているらしく、その笑顔はむしろ晴れやかだった。

「貴様の魔法は確かに強力かもしれない。だが、我らセレブラント王国の魔法が目指してきたのは魔法と芸術の一体化。すなわち神々から与えられた世界を再現することだ」

「……神々」

「左様《さよう》。よく見ておくがいい。如何《いか》にして我らがこの世界を掌握《しょうあく》したか」

そう言って、リードは自らの作品を誇示した。

「魔物が跳梁跋扈《ちょうりょうばっこ》し、暮らすに不自由だった世界を我らは開拓してきた。自然を克服し、川の流れを変え、世界を作り変えてきた。その過程で先祖代々、少しずつ積み重ねてきた知恵こそが我らの誇りなのだ。それがこの氷の王都学院に凝集《ぎょうしゅう》されている」

それは傲慢《ごうまん》ともとれる人類の矜持《きょうじ》。竜王族からしてみれば唾棄《だき》すべき思想。だけど不思議と嫌悪感は覚えなかった。それも『有り』だろうと胸の内に懐《いだ》いている。

きっと俺が人間だからだろう。

「これが人類の理想……」

「そうとも。ようやく理解したか？」

確かに完全で、完璧な世界だ。ひとつの形として成立していて、余分な要素は全てそぎ落とされている。

でも、そうか。だから。だから――

「……だから、物足りなく感じるのか」

「なんだと？」

俺の漏らした呟《つぶや》きに、リードが鋭い視線を返した。

「今、何と言った？　物足りないだと⁉　よもやそのような負け惜しみを――」

「ミィル。俺たちの作品を持ってきてくれ」

「はーい！」

俺の合図で仕切りの向こう側からミィルが出てきた。

「うんしょ、うんしょ」

ミィルは両手に鉢植えを抱えている。

鉢植えに植わっているものを見た生徒たちは、みな一様に冷笑した。

「なんだ、何かと思ったらただの薔薇《ばら》じゃないか」

「やっぱり勝負にならないじゃありませんの」

「しかも見ろよ。花は蕾《つぼみ》だ。ひろがった花弁を作れなかったんだろう」

みんなの言う通りだ。鉢植えには俺たちの班作品である薔薇が植わっている。花の部分は全て蕾だ。

「……いや、待て。まさかあの薔薇は……」

リードが何かに気づいて、ミィルのところまでフラフラと歩いていく。

「凍らせてない⁉　水のままだ‼」

教室中がざわめいた。

マイザー教官殿も息を呑んでいる。

「いや、そうか。ミィルくんが鉢植えを通して魔力を流して形の維持を――」

「んー？　してないよ、そんなこと。それじゃ作品じゃないもん」

「なっ……そんなこと、できるわけがあるか！　水を留《と》め置くには凍らせるのが常識だ！」

あー、やっぱり。リード班の作品を観て誰も疑問に思ってなさそうだから、もしかしてとは思ってたけど。人類では水で形作ったものを凍らせて固めるのが当たり前なのか。

「んー、そんなこといわれてもなー」

「クッ……よく見せてくれ！」

リードの求めにミィルが「いいよー」と応じた。冷静さをかなぐり捨てたリードが、水の薔薇をまじまじと観察する。

「なんだと……薔薇を構成する水は一点に留《とど》まっていない。これは流体だ！」

「えー、だって留めると魔力が滞《とどこお》っちゃうもん。なにより、水は流れるのが当たり前でしょ？」

ミィルの言うことが信じられないといわんばかりの顔をするリード。

「わたくしにもよく見せてください」

リードがラウナを振り返って絶句した。神眼である赤い右目から、ラウナが涙を流してしていたからだ。

「自然との調和、精霊の加護《かご》、魔力の流滴……全てが完璧です。いえ、違う。これは完璧だなんて、そんな閉じた概念で留まっていない……この薔薇は生きています」

「……どういうことだ？」

ただならぬラウナの様子に何かを予感しつつも、リードが問う。

「確かに水でできていますが、これは液体が薔薇の形を取っているのではありません。この薔薇は生命なのです」

「生命……」

リードが茫然と呟いて、水薔薇を凝視する。

「ご覧ください。この薔薇は今まさに咲こうとしています」

ラウナの言う通りだった。水薔薇の蕾が少しずつ花開いていく。やがて満開になった水の薔薇を目の当たりにした生徒たちは言葉を失っていた。

「ああ……ごめんなさいリード様。わたくしは、こんな素晴らしいものを一度として見たことがありません……」

神眼ではないラウナの碧眼からも、とめどない涙が溢れ出す。けれど、口元には自然と優しい笑みが浮かんでいる。

その瞬間、誰もが理解した。

ラウナが、どちらの作品に軍配を上げたのかを。

リードが正式に敗北を認めたことで、水属性実習の勝負は終わりを迎えた。

教室を移動する道すがら、ラウナがため息を吐く。

「やっぱりアイレンさんだけじゃなくて、ミィルさんもすごいですね。炎の実習で見たときからわかってはいたことですが……」

「えへへー」

教室を移動中、ラウナに褒められて嬉しそうに笑うミィル。

とはいえ、彼女には学院に入学するにあたり人類の中で普通に暮らすのに不自由がないよう、多くの力に制約が課せられている。それでも規格外なことには違いない。何しろミィルは竜王族の中でも七支竜〝青竜大洋〟直系の水竜の仔《こ》なのだ。水を操ることにかけては俺だって手も足も出ない。

「でも、あの薔薇を創れたのはアイレンがちゃんと精霊で加護ってくれたからだよー」

「加護る……？」

「ああ、気にしないで。ミィル独特の言い回しだから」

どんなに水を操るのがうまいからって、疑似的な生命を再現することはできない。

精霊の加護をうまく織り交ぜて、自然の薔薇に近い営みを創り上げる必要がある。

あの術式には命の始まりから終わりまでを見届ける竜王族の文化が関わっているけど、ラウナにうまく説明できる自信がない。

「ああ、でも……あのとき視《み》えたのは、そういうものだったのですね。なんとなくですがわかりました」

わかっちゃうのか。すごいな神眼。俺だって真理の一端を理解するのにめちゃめちゃ時間がかかったのに。

「セレブラントの芸術魔法は最先端だと思っていましたけど、ああいうアプローチもあったのですね。これまでの狭い見識を恥じるばかりです」

「いやあ、それは俺も同じだよ。ああいうのもあるんだなって……」

今回の勝負、竜王族の創造魔法がラウナの初見だったっていうのがそれなりに大きいと思う。マイザー教官殿の言う通り、リード班の作品もかなりの出来だったのは間違いない。何より一個体で完成している竜王族には力を合わせて一つのものを創り上げるなんて発想はない。今回の水薔薇みたいにせいぜい一人か二人が必要に応じて足りないものを補い合う程度だ。

俺自身、少なからぬ衝撃を受けた。人類裁定をするにあたって大きな判断材料になるだろう。

そんなことを考えながら教室に入ろうとしたとき。

「おい！　そこはお前のような田舎者の平民が入っていい教室ではないぞ！」

聞き覚えのある声に振り向くと、そこにいたのは金髪の生徒だった。

「……えーと、確かビビム？」

「様をつけろ様を！」

そうそう、確かビビム・ノールルドだ。確か王の補佐を務めてる伯爵家嫡男とかいう。

「何か用です？　俺は普通に教室に戻るところなんですけど……」

「なっ、お前が王賓クラスだと！　平民の分際で!?　嘘を吐くな！」

またこの人は頭から嘘って決めつけて……。

「どこのどなたか存じませんが、そのような物言いはどうかと思いましてよ」

眉をひそめながら俺と出会ったころのお姫様口調で注意を促《うなが》すラウナをキッと睨みつけるビビム。

「むっ、どこの令嬢だ!?　こんな田舎者とつるんで恥を知れ、恥を――」

そこまで言いかけたところでラウナの美貌に気づいたらしく、ビビムはサッと傅《かしず》いた。

「初めまして、お美しいご令嬢！　こんな田舎者とつるんでいてはせっかくの美しさに陰りが出ますよ」

「うわー……」

ミィルが「やっちゃってるよこの人ー」という顔で驚いている。

そして今度はミィルのほうを見て目を輝かせるビビム。

「ほほう、君は君でなかなか！　どうだい、レディ。そんな田舎者は放っておいて、この私と」

「そこ、じゃーま！　どいて！」

ミィルにぺいっと軽く押されてバランスを崩したビビムが派手に倒れる。

「な、なにをす――」

ビビムが起き上がるころには俺たちは既に教室の中に入っていた。

「ぜ、全員が王賓クラス？　と、いうことは……」

ようやく自分が何をしていたか気づいた表情のビビムに対して、ラウナが極めて社交的な笑顔を浮かべて、トドメを刺した。

「フルドレクス魔法国第二王女ラウナリースと申します。それではビビムさん、ご機嫌麗しゅう」

顔を青ざめさせるビビムを置き去りに、俺たちは教室の扉をピシャッと閉めたのだった。

セレブラント王都学院では生徒による自主的な部活動が奨励《しょうれい》されている。既存の部活に入るのでもいいかもしれないけど、ラウナは最初から自分の部活を作るつもりでいた。

そんなわけで放課後、俺たちは教官室へと向かっている。

部活動の申請をするためだ。

「ねーねー、そういえばどんな部活にするの？」

ミィルが目をキラキラさせながらラウナに訊ねた。

魔法関連であることは確定として、魔法研究部、などでは既存の部活と重なって新規に立ち上げるには障害があるだろう。

「ずっと考えていたのですが……魔法交流部というのはどうでしょうか」

「んー、なるほど……」

魔法交流、か。確かに人類側の魔法を知るのは俺やミィルにとってもいい勉強になる。

それに授業の内容は一応わかるにはわかるんだけど、やっぱり根本的なところで疑問符が浮かぶし。竜王族の魔法のほうが高度なのは間違いないんだけど、だからといって人類側の魔法も馬鹿にしたものではないとわかった。それに『どうして人類の魔法体系はこうなったのか』を知ることは、人類を知る鍵になる気がする。

「あたしはいいよー！」

よし、ミィルは平気みたいだな。

「俺もそれで大丈夫」

「そうですか！　よかったです。部室がもらえれば、皆さんの目を気にすることなく活動できるようになりますし……」

ああ、ラウナも気にしてくれてたんだ。教室だと、どうしても話しにくいもんな。

そんなこんなで早速部活の申請のために教官室へと向かったのだけど……。

「これは受理できませんな、ラウナリース様」

その教官殿はわざとらしく残念そうに言いながら、机の上の部活申請書を指で叩いた。

「何故ですか、キグニス教官！」

椅子に座ったままの教官に机を挟んでラウナが詰め寄る。

「いやぁ、他でもないラウナリース様の御頼みですから私も受理したいのはやまやまなんですがねぇ、平民ふたりと他国の王女が三人だけで部活というのは……どうにもですねえ」

「そ、そんな……」

「せめて平民よりも貴族の人数を多くしていただきませんとな。例えばそう、ビビム様などはどうですか？　父上のノールルド伯は国王陛下の補佐役ですし、おすすめですよ」

……なんでここでビビム？

あー、思い出した。この厭味《いやみ》ったらしいしゃべり方をする人は入学試験のときの教官殿だ。ビビムと同じイメージだからあんまり関わりたくないけど、そうも言ってられないんだよなあ。こういう人もいるって平等に見ないといけないから。

「それともどうです？　私が顧問になって差し上げましょうか。そうすれば――」

キグニスがいやらしい目つきでラウナとミィルを交互に見た、そのときだった。

「何の騒ぎです？」

マイザー教官殿が割り込んできた。邪魔をされたキグニスがあからさまに嫌そうな顔をする。

「マイザー、君には関係ないことだ」

「それを決めるのは貴方ではないはずですが」

「チッ、妾腹《しょうふく》のくせに生意気な……」

マイザー教官殿の眉がピクリと反応したが、反論はしない。

やっぱり人類同士でもいろいろあるんだなぁ……。

「それで、どうしましたか？」

キグニスでは埒《らち》が明かないと思ったのか、マイザー教官殿が話をラウナに振った。

「実は部活を新しく作りたいのですが、平民が多過ぎるから貴族を入れるか、顧問が必要と言われてしまって」

「ふむ、これですか」

机の上の申請書を手に取るマイザー教官殿。

「あっ、おい、勝手に――」

慌てたキグニスが申請書を取り戻そうと手を伸ばしたけど、マイザー教官殿はあっさり躱《かわ》した。

「魔法交流部、ですか。わかりました。私が顧問になりましょう。受理します」

「ありがとうございます、マイザー教官！」

マイザー教官殿とラウナの間で無事に話がまとまったみたいだ。

しかし、事の顛末《てんまつ》に口をぱくぱくさせていたキグニスが椅子を弾き飛ばす勢いで立ち上がった。

「おい、なんのつもりだ⁉」

キグニスに怒鳴り散らされてもマイザー教官殿は全く意に介さない。

「何か問題が？　院則に定められたルールと教官権限に基づいて部活の申請を許可しただけですが」

「だが、平民と貴族のバランスが――」

「院則にはそのようなルールはないはずです。懇意《こんい》にしている貴族家の生徒をラウナリース様に売り込むために、貴方が勝手に言っているだけでしょう。相変わらず悪知恵だけは働くことで」

キグニスが机をバンと叩いた。

「マイザー！　学院長のお気に入りだと思ってあまりいい気になるなよ！　私のバックにはノールルド伯爵がいるんだぞ！」

あー、やっぱりそういう繋がり……。

道理で入学試験のときからビビムのご機嫌を取ってると思ったよ。

「……以前にもご忠告申し上げたはずですが。物事を上辺だけで判断して機を見誤ればいずれ痛い目を見ると」

「クソッ……覚えていろよ！　このことは問題にしてやるからな！」

キグニスが腹立ちまぎれに教官室から出ていく。

「申し訳ありません。マイザー教官にまでご迷惑を……」

ラウナが心配そうにマイザー教官殿を気遣う。

「いえ、ほんの些事《さじ》ですから。それより部室はどこがいいですか？　希望があれば私から学院長に伝えておきますよ」

「ありがとうございます！」

笑顔で請け負ってくれるマイザー教官にみんなで礼を言う。

どうやら本格的に部活を開始できそうだ。


案内されたのはまるまる一棟の建物だった。

「まあ、素敵！」

建物に入るやいなやラウナが感激に目を輝かせる。

こう、俺の語彙だとうまく伝えられないけど、内装がとっても豪華ですごい。

「こちらの部屋はいつでもお茶と軽食を食べられるよう魔法倉庫に備蓄がありますし、警備も万全です。王族関係の部員も利用していたことがありますし不足はないかと思いますが、いかがでしょうか？」

マイザー教官殿がラウナに訊ねる体《てい》で俺に目配せしてくる。

「はい、こちらでお願いします！」

ラウナが満面の笑みで応えたので、俺も頷いた。

「では、私は顧問として部室利用の手続きをしてきますので」

マイザー教官殿が退室したあと、俺たちは部室をいろいろチェックして回った。

印象としては部室というより、もはや邸宅だ。合宿用なのか宿泊施設も併設されているし、屋上に至ってはもはや空中庭園になっている。

マイザー教官殿の話によるとリードの所属する正統魔法部はもっと豪華な場所らしいから、此処《ここ》はラウナ用に確保されていたんだろうな。ミィルもソファにダイブして「ふかふか～。おうちを思い出す……」とご満悦だ。

「おふたりとも、こちらに来てください！」

ラウナの声のしたほうにミィルといっしょに向かうと、そこは演習室になっていた。学院内での無断の魔法使用は厳禁だけど、ここなら使ってもいいみたいだ。

「さあさ、邪魔は一切入りません！　おふたりの魔法をわたくしに見せてくださ
い！」

「え、今から？」

「そうですよ！　ずっと見たくてウズウズしていたんです！」

いつになく興奮した様子で目を輝かせているラウナ。

いや、文字通り右眼の神眼は赤く光ってるように見えるなぁ……。

「わああ、すごいねラウナ！　右眼に集中してる魔力がものすごいことになってる
よー！」

「ええ。普段は差し障《さわ》りがあるので抑えておりますが、このように神眼を励起《れいき》させ
ればより正確に魔力を視《み》ることができますので！」

「へー、そうなんだ！　じゃあ、あたしもとっておきの見せてあげるねー」

乗り気になったミィルが演習場の中心で魔力を高め始める。

「えっ、これは……大気中からミィルさんに魔力が流れてますよ⁉」

俺は目を見張るラウナの隣に立ってミィルを指差した。

「よく視《み》て。流れてきてるだけ？」

「あっ……ミィルさんからも外に流れてます。これはまるで……部屋全体がミィルさんになっているかのよう！」

竜王族は自然と一体になるために体内の魔力と世界の魔力を循環させる。今は部屋だけだけど、水竜の力を解放したミィルなら湖や海から莫大な魔力を取り出して行使できる。その気になれば世界のルールすらも書き換えられる絶大な力だ。

ちなみに森のみんななら本能的にできる内から外、外から内への魔力変換はとても難しい。俺も習得できたのは最近だ。

「すごい……本当に綺麗《きれい》です。生きてきてよかった……」

大袈裟《おおげさ》な気もするけどラウナの神眼にはさぞ美しい世界が視《み》えているのだろう。

こればかりは彼女だけの特権なんだろうな。

実演を終えたミィルとラウナが語らい始めた。

「どうだったー？」

「とても素晴らしかったです！　まるで、この世の真理を垣間見るかのようなひとときでした……」

「えへへー！」

楽しそうに話す女子を笑いながら見守っていると、ふたりがこちらを振り向いた。

「次はアイレンの番だねー」

「わかった。でも、その前にラウナ。俺にアースコントロールの詠唱を教えてほしいんだけど」

アースコントロールは土を操る魔法だ。

「アースコントロールですか？　もちろんかまいませんよ」

ラウナは笑顔で請け負ってくれた。

だけど俺が詠唱を教わる間、ミィルは小首をかしげている。

「じゃあ、実際にやってみますので詠唱を聞いてくださいね」

「ありがとうラウナ。頼むよ」

ラウナがアースコントロールを実演するために演習場の中心に向かう。

するとミィルが隣に来てこそっと耳打ちしてきた。

「なんでー？　詠唱なんかしなくたって、あたしたち魔法使えるのに」

もっともな疑問だ。アースコントロールを使うだけなら人類術式の詠唱を教えてもらう必要なんてない。

だけど――

「リードたちの作品を観て少し思うところがあって。だから今度の土属性実習は、人類術式を使ってみたいんだ」

一方そのころ。

学院長から竜王族が動き出したと報告を受けた王侯貴族たちは大慌てだった。

「妻から学院に入学したと聞いたが、うちの息子は大丈夫なのか⁉」

「まずいぞ、あそこにはうちのわがまま娘が……」

「お前の子供は余計なことしてないだろうな⁉」

宮廷に出入りしている王侯貴族たちは竜王族の恐ろしさを知っている。権力志向の貴族たちによって伝説の数々は矮小化《わいしょうか》されているが、公爵から侯爵あたりまでの上級貴族は幼少時から竜王族について教育されていた。

結論から言えばその教育を中級以下の貴族や市井《しせい》にまで広げるべきだったのだが、もう遅い。

「まぁまぁ、皆さん。どうか落ち着いて」

そう、例えばこの男。国王の御前で騒ぎ始めた王侯貴族を宥《なだ》めた、煌《きら》びやかな服を纏《まと》った貴族。

ノールルド伯爵。セレブラント王国の現国王の補佐役にして、ビビムの父親だ。

「やってきた使者は何故か人間だったそうですし。そもそも皆さんの優秀なご子息ならば問題などないでしょう」

これっぽっちも危機感を覚えていない余裕綽々《しゃくしゃく》の態度で、ノールルド伯は王侯貴族たちに改めて訴えかけた。

「そうは言うがなノールルド伯……相手はあの竜王族なのだぞ？」

「彼らが本気で人類裁定を始めたというなら、我々の言い分など通用しまい」

「全員の首筋に刃物が当てられたようなものだ。落ち着いてなどいられるわけがない」

ひとまずは落ち着いた王侯貴族があぁでもないこうでもないと意見を交わす。

ノールルド伯はというと、自分よりも爵位の高い王侯貴族たちが自分の言葉に一喜一憂する様子を恍惚《こうこつ》とした表情で眺めていた。

「皆の者、ノールルド伯もこう言っている。騒ぐのはやめよ」

セレブラントの王が眠たげな声で呼びかける。

病《やまい》がちなため覇気《はき》には欠けるが、善き王だ。

王侯貴族たちは王の言葉に従って黙り、傅《かしず》いた。

「そちはどう思う、竜王族を」

王侯貴族が自分に跪《ひざまず》いているような気分に浸りながら、ノールルド伯はいつも通り王に差し障りのない助言をする。

「我らが慌てたところで意味はありますまい。それに使者は裁定のことを学院や民に伝えてはならないとのこと。手紙も使者もすぐに露見しましょう。つまり、我らにできることは……」

「何もない、ということだな……」

「はい。ここは我らの子供たちを信じましょう」

ノールルド伯は王の言葉に一礼し、誰もが反論しにくい綺麗事でまとめた。

「それに学院にはセレブラント始まって以来の天才と名高いリード様と、私が教育してきた息子がおります。きっと竜王族も認めてくれるでしょう」

「うむ……さて、そろそろよいか。余は花に水をやらねばならんのでな……」

「かしこまりました。では、皆さんもここでお開きということで」

ノールルド伯が締めると、王侯貴族たちは渋々といった様子で下がっていった。

「そういえば陛下。私の領地から貴重な植物が届いておりますゆえ、後ほどお目にかけてもよろしいでしょうか」

「おお、誠《まこと》か。それは楽しみだ……そちの献上品はいずれも逸品ゆえ高く評価しておるぞ」

「ありがたきお言葉です」

王に評価され、補佐役として半ば王のように貴族たちを従える立場にノールルド伯はとても満足していた。公爵令嬢を娶《めと》り、冒険者に入手させた希少な物品を王に献上し続けることで爵位以上の地位を得たのがノールルド伯である。身に余る立場に身を置いたことで夢見心地となっている彼は竜王族のこともよくわかっていなかったし、王侯貴族たちの慌てようは大袈裟すぎると考えていた。

「さあ、参りましょう陛下。我らの王国の未来は明るく照らされておりますよ」

なんの根拠もない希望的観測を高らかにうたいながら、ノールルド伯は新たな爵位を与えられるであろう未来に想いを馳せる。

「そうは言うが……本当に大丈夫なのだろうな。息子たちはうまくやっておるのだな？」

やや不安そうに念押ししてくる王に、ノールルド伯は笑顔で請け合った。

「もちろんでございます。リード王太子と我が息子ビビムは必ずや竜王族に認められるでしょう！」

「この僕を差し置いて、あんな田舎者が王賓クラスだと……」

その日、ビビム・ノールルドは寮の自室に灯りもつけず閉じこもっていた。

「そんな馬鹿なことがあり得るか！　僕はノールルド伯爵家の長男なんだぞ。ビビム・ノールルドなんだ。父上は国王陛下の補佐役をしているんだぞ……」

ビビムの父親は自分が如何に王宮で活躍しているかを息子に聞かせ、息子はそれを素直に信じていた。だからビビムの中でノールルド伯爵家はすごいということになっている。

ビビム・ノールルドは親に甘やかされて周囲に神童《しんどう》扱いされた井の中の蛙《かわず》に過ぎない。父親が褒めてくれるから頑張った成果がそれなりに出た、それで調子に乗り続けた結果できあがってしまった愚かな少年である。

もはや今の彼に当時の努力をする根気も無ければ、周囲を認める余裕もない。上位クラスに合格できたはいいものの、早くも授業の内容についていけなくなりつつあった。

だが、それでもノールルド伯の腰巾着であるキグニス教官の採点が甘いため、ビビム自身は自分の実力と信じ切って、身分が低いアイレンが自分より優れていると認められずにいた。

「それに、なんでフルドレクスの姫君があいつの側に……」

自分がやらかしてしまったことを思い出して身震いするビビム。

実を言うとラウナリース第二王女は異母兄であるフルドレクスの王太子から腫物扱いされている。だから心配はいらなかったのだが、ビビムは隣国の宮廷事情など知る由もない。

何故なら父親のノールルド伯は自分の活躍に関わりのないことを息子に一切話していないからだ。

その点の知識は、さまざまな貴族に取り入っているキグニス教官がノールルド親子より何枚も上手である。

「ていうか、僕のことを突き飛ばしたあの女、いったいどこの令嬢なんだ？　顔はかわいかったけど……」

強気なところは玉に瑕《きず》だが、そういう女を御《ぎょ》してこそ自分の男が上がるとビビムは特に根拠もなく考えていた。

「いや、そもそもなんであんな田舎者が、あんないいところの姫と令嬢を侍《はべ》らせてるんだ？　おかしいだろ。あいつは不正で入学したんだぞ。王賓クラスの授業についていけてるわけないのに……」

ビビム・ノールルドに現実を受け入れるだけの克己心《こっきしん》はない。それができるなら現状を認めて必死に勉強していたはず。

だけど、そうしない。そうできない。

彼の中では永遠にアイレンは不正入学者だし、学院長も不正を見抜けない間抜けなのだ。

「そうだ……姫と令嬢はきっとあの田舎者に騙《だま》されてるんだ。そうに違いない！　二人をあの田舎者の魔の手から救い出せるのは僕だけだから、僕がなんとかするしかない。待っててください、ラウナリース王女と名前を知らないご令嬢、必ずや僕がお二人を救い出します！」

得てして愚か者は短慮な思い込みを素晴らしい気づきと誤解して、貴重な時間を無駄にする。

ビビムもその典型例だった。

この日を境にビビムは学業をそっちのけにして無意味なロビー活動に執心していくことになる。

次の日からビビムはアイレンを見張ることにした。

もちろん授業はサボりだが、出席日数はノールルドの名前でどうにでもなるという目算だ。

取り巻きは別のクラスなので強引に連れ出すのは難しいから、彼ひとりで行動している。自分のクラスの連中も何人か誘ったが、授業に必死な生徒たちはみんな難色を示した。

「まったく、どいつもこいつもわかってない。学院の不正を正せるのは僕だけだな」

身勝手な使命感に酔《よ》い痴《し》れながら、王賓クラスの授業を窓から盗み見る。

ビビムが目撃したのは土属性実習授業の工作だった。生徒たちが一心不乱に粘土に魔法をかけている。ほとんどの生徒はコップや器、皿などを作ろうとして苦戦していた。

ビビムもなんとなく真似をしてその辺の土を使って挑戦してみる。その結果、簡単にコップを作ることができた。

「なんだ、意外と大したことないんだな。王賓クラスの授業っていうのも」

王賓クラスの生徒たちより簡単に結果を出せたビビムは自尊心をくすぐられ、気持ち悪い笑みを浮かべた。王賓クラスの授業で使われている粘土が普通の土に比べると成型に高い集中力が要求されるなどとは夢にも思っていない。

「さて、あの田舎者はどこだ……？」

きっと形も変えられていないに違いない……そう思って教室内を見回すと。

「なんだあれは⁉」

ビビムの目に入ってきたのは、アイレンの机の上に出来上がった粘土の城。

アイレンが人類側の術式をリスペクトして組み上げた城のミニチュアだった。

遠目にはわからなかったが、細部に至るまでよくできた素晴らしい一作である。

「ははぁ……さては魔法がうまくいかないからと手を使ったな？　おおかた、教官が許可したのだろう。ハハハ、平民らしいな！」

ビビムの中ではアイレンは魔法を使えないことになっているので、たやすく脳内変換された。アイレンの手に粘土汚れがないことも目に入らない。

「いや、でもあの城は手を使ったらできるものなのか？　最初からどっかから持ってきたとか！　ああ、きっとそうだな！　きっと！」

やはり不正者を正すのは自分だと確信し、笑顔で部屋に帰っていくビビム。現実には王賓クラスの生徒たちもアイレンの実力を認めざるを得なくなっているとは露《つゆ》ほども知らずに。

愚者とは、何か。

其《それ》は、頭の回転が鈍い者ではない。

其は、現実を認識できぬ者である。

そんな最初の授業で習ったはずの賢者の格言を忘れたビビムは、今まさに愚者の道を究めんと大いなる一歩を踏み出していた。

第三章　夏期休暇

The Strongest Raised by DRAGONS

部活動を始めてラウナといろいろ話したことで、ひとつわかったことがある。

竜王族の魔法は過程重視。

対して、人類の魔法は結果重視だ。

竜王族の魔法は自然との合一に用いられる。いわば自らを高める手段の一つに過ぎない。

だけど人類の魔法は武器であり開拓の手段であり自然を克服するための道具だ。みんなで敵と戦うための力なんだから、学んだものが同じ結果にならなきゃ困るってわけだな。

俺と価値観の近いミィルでも人類の魔法の在り方については理解できないっぽいから、他の竜王族にもわからないと思う。そのあたりうまく翻訳して伝えるのは俺の役目になるはずだ。

だから俺は真面目に学院の授業に取り組むことにした。竜王族からすると効率の悪い人類術式を敢《あ》えて学んで、人類と竜王族との橋渡しになろうと思う。

まあ、王賓クラスでは相変わらず相手にされない日々が続いてるけどね……。

ただ、ちょっと変わったこともある。風属性魔法実習で嵐を巻き起こしたあたりから王賓クラスで悪口を言われることがめっきり減ったのだ。

これは予想だけど、俺がきちんと詠唱してコントロールウェザーを発動したからだと思う。みんなにもはっきり理解できる形の成果を見せた途端「あいつ、すごいな」「ひょっとして今までも俺たちの理解が追いつかなかっただけかも」という評価が増えてきた。

ラウナの神眼が俺の魔法に太鼓判を押したことで不正だと騒がれることもなくなったし。クラスの雰囲気も俺なんかに負けるもんか！　とばかりにみんなすごく必死に勉強するようになった。

特にリードは授業以外では図書館に籠《こ》もり切りの時間が増えて、こちらに話しかけてくることもほとんどなくなっていった。

マイザー教官殿も「今年の王賓クラスは素晴らしい。誰一人として自分の血統にあぐらをかかない。こんなことは初めてかもしれません」と言っていた。

それと、これは変化と言うべきか迷うけど。

「あのへんな人、今日も来てるねー」

「いったい何がしたいんだろう……？」

王賓クラスの授業風景を覗いたり、魔法交流部の部室の近くでこちらを見張る人物がいる。

ビビム・ノールルドだ。

彼については授業をサボってまで何をしたいのかさっぱりわからない。

今のところ害はないけどミィルが「ちょっと気をつけたほうがいいかも」と言ってるので、油断はしない。

そんなこんなで、入学から三ヵ月。

学院生活始まって最初の夏が来た。


「あたしわかった。人類って、異物を排除しようとする習性があるんだね」

強い日差しに思わず目を覆《おお》ってしまうような夏の朝。

学院に通学する途中、ミィルがポロッと漏らした。

「どうしたんだ、急に？」

「最近ようやくわかったの。アイレンが人類術式を使い始めてそんなことする必要ないのにって思ってたんだけど、この間の授業でクラスメイトのみんなの見る目がガラッと変わったよね？」

「ああ、そうだなぁ」

「理解できないものをまず遠ざけようとするのって、あたしたちの感覚だと全然ピンと来なかったけどさー。アイレンとあたし、みんなに怖がられてたんだなぁって改めてわかったっていうか。なんかね、それまではなんか怖がられることに納得できてなかったの。でも、ひょっとしたらクラスのみんなはアイレンとあたしが魔物みたいに見えてたんじゃないかって思ったんだ」

「あー……そういうところはあるかもしれないな」

俺も実際に人類社会に触れてみて、わかってきたことがある。自分の中でおぼろげに感じていた竜王族との隔意《かくい》が、今の人類と比較することでようやく理解できてきた。

竜王族は強い。絶対的な強者だ。だから未知を恐れない。まずは近づいて接触を図り、それから対応を考える。

人類は弱い。ひとりひとりは弱者だ。だから未知を恐れる。安全か危険かを学習してから、それぞれの共同体でルールを決める。

「人類って、ひとりひとりはみんな弱いの。だったら全員が強くなればいいって思ってたけど、そうじゃなかった。強くなれない子もいるみたい。それはあたしたちの感覚だと信じられないけど人類では当たり前のことなんだなって。だから弱さを補うために群れて、魔法も同じようなのにしてみんなでいっぱい撃つんだなって。

今までずっとモヤモヤしてたんだけど、この間の授業でそれがわかったの。みんな同じだと安心するんだなって」

ミィルは感慨深そうに呟《つぶや》いた。ボケッとしているように見えるけど、相変わらず見るべきところはちゃんと見ている。

「人類は弱い、か。確かにそうだよなぁ……俺、森の中だとぶっちぎりで弱かったもんな」

「アイレンすごいがんばってたよね。七支竜のみんなから免許皆伝もらってたし。でも、なんかホント、びっくりするぐらいなんでもしてたよねー」

「そういや、俺がみんなに勝てた部分ってまさにそういうところだよなぁー」

発想の逆転。予想外の騙し討ち。竜王族だったら絶対やらないであろう無茶の数々。

まあ、俺もみんなに追いつこうと必死だったんだよな。

「人類のそういうところって、ねーさまたちはあんまりいいって思わないみたいだけど、あたしはそうでもないの。それってがんばってるってことだもん」

竜王族は騙さない。己を偽る必要がない。みんながみんな、正直者だ。冗談を言うことはあっても、誰かを陥《おとしい》れるような真似はしない。

人類はよく嘘を吐く。己すら偽りながら生きている。みんながみんな嘘吐きだ。嘘に真実を織り交ぜることによって、誰かを陥れることとさえする。

「それにしても……てっきりみんながんばればアイレンみたいになれると思ってたけど、違ったんだねー！　すごかったのはアイレンだった！」

ミィルがとても嬉しそうに笑う。それが一番大きな発見だったとでも言いたげに、俺の腕にぎゅっと抱き着いてくる。姉のくせに妹のように甘えてくるミィルの頭を撫でてあやしながら、俺は学院の門をくぐった。

今日は夏の長期休暇前の、最後の授業日だ。


「さて、本日が春期最後の授業となりました。各々充実した夏期休暇を迎えられるよう取り組んでください」

実習授業ではおなじみとなったマイザー教官殿が生徒たちを感慨深げに見回した。

「皆さんもご存じの通り、本日の光属性と闇属性の実習はできないことが前提です。使いこなせる者は本当に稀《まれ》ですので、できなかったとしても減点するようなことはしません。光、闇いずれかの魔法を発動できた人には大幅な加点があると考えてください」

「趣旨としては我々でも届かないものがあることを学ぶ、といったところか」

「その通りです、リード様」

「そうだろうな。私にも光属性と闇属性の魔法は使えない」

リードの自嘲《じちょう》気味な告白に「リード様でも使えないのか」「そこまで難しいとは」「じゃあ、わたくしたちに使えるわけが」と生徒たちがざわめき始める。

「リード様。何故《なぜ》、光属性と闇属性を使える者が少ないのか、お答えいただけますか」

最近特に猛勉強しているリードを信頼してか、マイザー教官殿が話を振った。

「術式が不完全であるからだ。教官、私がやってみせてもいいか？」

マイザー教官殿が「どうぞ」と答えると、リードは詠唱を始める。

「ライト！」

リードの手のひらから一瞬だけ光の玉が浮かび上がるが、すぐに消えてしまう。

「見ての通りだ。詠唱を十全に唱えたところでまともに発動しない。単純に魔法技術の研鑽《けんさん》が足りていない証拠だ」

リードの言う通り。光属性の人類術式、つまり現時点での詠唱は不完全だ。十三節足りず、五節ほど余計なものが混じっている。

「いえ。一瞬とはいえ、発動できただけでも素晴らしい成果です」

「世辞はよせ。あれでは使い物にはならん」

誇るでも気分を害するでもなく、淡々と事実を認めるようにリードが首を横に振った。

「そういうわけで常であれば誰も使えないわけだが……今年は違うかもしれんな？」

リードの揶揄《やゆ》するような視線がこちらに向けられる。生徒たちも釣られるように俺を見た。

「アイレン。単刀直入に聞くが、お前は使えるのか？」

「使えます」

俺の即答に黙り込む生徒たちは、かつてのように嘲《あざけ》ったりはしてこなかった。あるいは俺ならば本当に使えるのではないか。そんなふうに思われているのかもしれない。

「ならば、やってみせるがいい」

リードの言い方はあたかもできて当然なのだから見せろと言わんばかりだった。

「わかりました」

頷いて、ラウナのほうを見ると……みんなと違って赤碧の瞳は期待に潤んでいた。

ありがとう、ラウナ。君のおかげで俺は少し歩み寄れたかもしれない。

それは竜王族と人類の隔たりを思えば、あまりに小さい一歩かもしれないけど
……きっと俺はラウナに会わず魔法交流部に入っていなかったら同じ『失敗』を繰り返していただろう。いつものように無詠唱で魔法を随時構築してみせて、みんなに忌避《きひ》されていたはずだ。

もう、そんな轍《てつ》は踏まない。

「では、いきます」

そう言い添えてから、俺は詠唱を開始した。

「貴様……その詠唱は⁉」

リードが目を見開く。

それは誰も聞いたことのない一節から始まる俺オリジナルの人類術式。

リードのものに十三節を付け足して五節を削った完全版。

「ライト！」

俺の手のひらから光の玉が生まれた。　リードのものと同じサイズのそれは消えることなくあたりを照らし続ける。

皆が皆、一様に絶句していた。この間の風属性実習で嵐を起こしたコントロールウェザーは、人類が既《すで》に考案した術式に基づいて詠唱した。土属性実習で城のミニチュアを組み立てたときも人類ではごくごくありふれた既存の魔法を用いただけ。

だけど、この光属性魔法は違う。

人類にとって未知で、しかしいずれは辿り着くであろう終着地点。ただ発見されていないだけ。つまり、この魔法は訓練すればここにいる誰もが使える可能性のある魔法なのだ。

「……アイレン。お前は闇属性魔法も使えるのか？」

いち早く気を取り戻したリードがやや期待に満ちた目で訊《たず》ねてくる。

「いいえ。今のところ俺が『詠唱して』使えるのはこのライトだけです」

「フッ……そういうことか」

わずかに驚いてから何かを悟ったように笑うリード。

「マイザー教官。これは学院始まって以来の大発見というやつではないか？」

「ええ……間違いなくそうだと思います。フルドレクスの魔法学会が知ったら黙ってはいないでしょうね」

マイザー教官の答えを聞いたリードはククク、と愉快そうに肩を震わせてから生徒たちを振り返り、大仰《おおぎょう》に手を広げた。

「見ての通りだ諸君。とっくの昔に気づいている者がほとんどだろうが、敢えて言う。アイレンが我らより進んだ魔法知識を持っているのは、もはや明白だ。それを認めず旧態依然とした特権意識にしがみついて遅々として進まぬは先祖の望むところではあるまい。早速だが私は今のアイレンの詠唱を真似し、実践したいと思う！必ずや我らの発展に繋がると信じてな！」

リードの演説を聞いて唖然とする生徒たち。

正直、俺も少し驚いている。前はあんなに敵愾心《てきがいしん》を剝き出しにしていたというのに。

やがて演説を終えたリードが俺の前にやってきた。

「前から知りたいと思っていた。この際だから訊《き》くが、お前はいったい何者なんだ？」

「……田舎からやってきたしがない平民です、リード様」

「ハッ、わかった。そういうことにしておいてやる」

リードは踵《きびす》を返して離れていく。そして宣言通り俺の詠唱を真似し始めた。

「では、各々始めてください」

マイザー教官が改めて実習の開始を宣言すると。

「そ、その……」

さらに驚くべきことが起きた。

今まで話しかけてこなかった生徒たちから俺に話しかけてきたのだ。

「さっきの詠唱、もう一度聞かせてくれないか？」

「頼む、全部聞き取れなかったんだ！　俺にも教えてくれ！」

「わたくしにもお願い！」

次々とやってくる生徒たちにあたふたしてしまう。

「わ、わかりました。やりますから！」

慌てる俺の様子を見て、ラウナとミィルが嬉しそうに笑っていた。


「ハハッ！　なんだあいつ！　みんなに取り囲まれてるぞ！」

ビビム・ノールルドはもはや日課となった王賓クラスの覗きをしていた。最近では実習室を遠くから見られる木の枝の上が定位置となっている。おかげでビビムは木登りだけは上手になった。

ビビムには実習室の会話の内容までは聞こえない。だから授業の内容すら知らない。ただ、アイレンが責め立てられているように見えたので御満悦だった。

「ビビム様！　こんなところで何をされているのですか⁉」

樹上のビビムに気づいたキグニスが驚いた様子で声をかけてくる。

「うん？　ああ、ちょっとした見学だ」

「あれは……王賓クラスの実習を？　いえ、しかし授業はどうされたのです」

「あんなもの受けたところで役には立たん。こう、初歩的過ぎてな」

「さすがでございます。しかし、ビビム様……大変言いにくいのですが出席日数が足りないと夏期講習への参加が義務になってしまいますが」

「僕の父上はノールルド伯だぞ？　お前まさか、わかっているだろうな？」

「も、もちろんでございますが……」

「出席日数などお前がどうにかしろ。そんなことはいいんだ。僕には使命があるからな」

「使命ですか？　いったい……」

「フッ、お前が知らなくていいことだ」

「さすがでございます……？」

キグニスはビビムの意図が測り切れず、首を捻《ひね》った。

「それよりお前こそ今まで何をしていたんだ。奴の……アイレンの不正を暴けないのは何故だ？」

「も、申し訳ありません。私は王賓クラスの受け持ちはしておりませんので……」

「まったく役立たずめ」

同じくアイレンの不正を暴けていない自分を棚に上げるビビム。

「それにしてもイカサマとトリックだけで春期を乗り切るとは運のいい奴だ……」

結局、授業を覗き続けてもアイレンの不正の瞬間を見ることができなかった。夏期休暇はビビムも実家に帰るので授業が再開するまではお預けになる。

「まあいい、夏期にはダンジョン講習がある。そこで馬脚を現すさ」

ビビムが意気込んだそのとき、実習教室から強烈な閃光が放たれた。

ミィルが生徒たちに請われて披露してみせた人類術式フラッシュだ。王賓クラスの生徒たちには対閃光防御がアイレンによって密かに施されていたが――

「わっ、まぶし！」

当然、実習教室を覗いていたビビムの目はまともに閃光を受けることになる。

「わ、わ、わ！」

一時的とはいえ盲目状態になったビビムはパニックを起こして、枝からずり落ちた。

「ぐべっ⁉」

「ビビム様ーっ！」

尻から落下したビビムはそのまま回復室に運ばれてクラスの終期式にも参加できず、うやむやのうちに夏期休暇に入ってしまうのだった。


夏期休暇が始まった。一ヵ月半ほど学院が休みになるので、夏期講習に参加する一部の生徒を除いてほとんどが生家に帰る。

俺とミィルも王都郊外で呼び出した眷属竜に乗って、故郷の森に帰ってきていた。

鬱蒼《うっそう》と茂った木々の中でも一際巨大な樹木の近くに着陸する。眷属竜にお礼を伝えて役目を終えた証となる印紐《しるしひも》を角に括《くく》りつけてやると、嬉しそうに飛んでいった。

印紐をつけた眷属竜は、お腹いっぱいの餌がもらえるのだ。

「んー、やっぱり森に帰ってくると落ち着くねえ！」

ミィルが大きく背伸びしてから深呼吸した。

俺もそれに倣《なら》う。

「ここを出たのがすごく昔な気がする……」

春期の授業はだいたい三ヵ月ぐらい。ミィルにとっては一瞬だっただろうけど、俺にとってはそれなりに長い時間だ。

「じゃ、せーのでいこ？」

「わかった。せーの……」

「「ただいまー！」」

俺とミィルが森の中で叫ぶと、周囲の枝にとまっていた小鳥が一斉にはばたいた。

そして、目の前の巨大な樹木の中からひとりの女性が現れる。

「あらあら、おかえりなさいアイレンちゃんにミィルちゃん。なんだかさっき会ったばかりのような気もするけど」

おっとりとしたしゃべり方で俺たちを出迎えた橙《だいだい》色の衣を纏《まと》った女性は〝橙竜《とうりゅう》聖母《せいぼ》〟サンサルーナ。〝赤竜王女《せきりゅうおうじょ》〟のリリスルと同じく七支竜のひとり。年若いお姉さんに見えるけど七支竜の中でもかなりの年長者だ。

そして俺の――

「まあ、みんなにとってはあっという間だもんな」

「どうする？　アルティメットホーネットの蜜パイ食べる？　それともおっぱい飲む？」

「いやいや、もう乳離れしてるから！　いつまでも子供扱いしないでくれよ『母さん』」

サンサルーナは俺の育ての親だ。というより、彼女より若い竜王族は血が繋がっていない者も含めてほぼ全員、彼女に育てられている。リリスル、そしてミィルや他の姉たちと実の家族のように育てられたのだ。

「うふふふ。わたしにとってはみんないつまでも子供よ」

「あたしは蜜パイ食べるー！」

「あ、俺も！」

「はーい、作るから待っててねえ」

サンサルーナの後に続いて樹の幹の中を通り抜けて家に入る。中は樹をくりぬいたような外壁と内装をしているけど魔法で空間を広げてあるから外の見かけよりだいぶ広くなっている。

早速サンサルーナが台所で蜜パイの生地をこね始めた。

ミィルはソファにダイブして「んー、このふんわり最高ー」と我が家を満喫していた。

「母さん、何か手伝うことある？」

「アイレンちゃんはいい子ね～。でも大丈夫だから、ゆっくり休んでね」

「わかった。ところでさ……師匠ってもう起きてる？」

「どっちの師匠～？」

「えっと、竜技のほうの」

「そっちは起きてるわ。というより、もう後ろにいるわ」

「ぎゃーっ！」

悲鳴をあげて反射的に振り返る。けど、そこには誰もいない。

「うふふふふ……アイレンちゃん、相変わらずからかいがいがあって可愛いわね」

「悪い冗談はやめてくれよ！　寿命が縮んだじゃないか！」

「あらあら、それはちょっと洒落にならないわ。やっぱり竜聖酒を飲んで寿命を延ばしたほうがいいわよ」

「俺には酒は早いって！」

何が楽しいのか「あらあら」と笑いながらパイ生地をこねる作業に戻るサンサルーナ。

ああ、うん、この光景。まさしく我が家だなぁ……。

「それで、師匠は今どこに?」

「たぶんだけど深姫《しんき》ちゃんのところじゃないかしら」

「えっ⁉　グラ姉が起きてんの⁉」

信じられない!　寝ることしか考えてないどころか、考えながら寝るグラ姉が起きてるとか……。

「まあ、あんなことがあったばかりだしねぇ～」

「ああ……そっか。そうだったな」

サンサルーナの言うあんなこと、というのは竜王族の赤ん坊が連れ去られそうになった事件のことだ。そりゃ、グラ姉もおちおち寝てられないか。

「師範ちゃんもだけど深姫ちゃんにも挨拶しておいたら～?　パイが焼きあがるにはまだまだ時間がかかるし」

「そうだよなぁ……そうするよ」

グラ姉はともかくとして、師匠への挨拶をすっぽかしたら半殺しにされる。ここはサンサルーナの忠告に素直に従おう。

「ミィルも行くか?」

「絶対やだー」

「だよなー」

仕方ないので師匠のところには一人で行くことにした。

とほほ。

俺が向かったのは『竜の寝床』……あるいは単に『寝所』と呼ばれる石造りの建物だ。

さっきの樹の家と同じく中の空間が驚くほど広くなっている。いわゆるダンジョン迷宮だ。

ここの地下の最奥《さいおう》では多くの竜王族が眠りについているらしい。殺されない限り永遠の命を持つ竜王族は自然死の代わりにここで永遠の眠りにつくという。

もっとも俺が向かうのはもっと浅い階層。まだ名前も決まっていない竜王族の赤ん坊が眠りについている『揺り籠』のある部屋だ。俺の脚で最短ルートを通っていけば五分とかからない。

果たして部屋の前には黄色い道着の男が立っていた。

彼こそ俺の竜技の師匠こと――

「……って！」

その姿がゆらりと掻《か》き消えたと思った瞬間、目の前に凄まじい竜闘気を纏った師匠がいた。鬼速《きそく》にて繰り出される拳を、師匠と同じく竜闘気で覆った腕でもってかろうじて受け流す。お互いに弾けるように間合いをとった後、俺は反射的に構えをとっていた。

「……ふむ。鍛錬は怠《おこた》っておらんようだな。好好《よしよし》」

先に構えを解いたのは師匠のほうだった。竜闘気も瞬時に引っ込めている。

「師匠！　いきなり弟子に殴りかかるのはどうかと思いますが！」

こちらも戦闘態勢を解いて抗議する。

「呵呵《かか》々《か》。お前の体が技を覚えているか試しただけだ。現に何の問題もなかったであろう？」

「確かに頭で考えるより先に動きましたけど！　けど！」

まあ、師匠に正論を説いたところで無駄だから言うだけだけど！

「宜《よろ》しい。常在戦場の精神、努々《ゆめゆめ》忘れるな」

……ええと、改めて。

彼こそが俺の竜技の師匠こと七支竜のひとり〝黄龍《おうりゅう》師範《しはん》〟ディーロン。

まあ、一言で言ってこういう人である。

俺は師匠に拱手《きょうしゅ》――竜技の使い手同士による両手を合わせた挨拶――して礼を取り、頭を下げた。

「ただいま帰りました、師匠」

「うむ。さて、戻ってきたということは人類鏖殺《じんるいおうさつ》を好《よし》としたのだな？　呵呵々、そうかそうか、皆殺しか。腕が鳴るわ」

「まだです！　まだ決めてません！」

「なんと⁉　弟子よ、優柔不断は好《よ》くないぞ。人類など無価値。百害あって一利なし。生かすか殺すか疾《と》く決めよ。今ここで」

「人類裁定ってそういうんじゃないですから！」

相変わらずだな、師匠は。竜王族全体で人類裁定を決めたから独断専行をしないだけで、今でも人類鏖殺を掲げている。

前はこうじゃなかったんだけど――

「……むぅ。人類など一切合切、誅《ちゅう》するに限ると思うがな」

「俺も人類ですけど？」

「否《いな》。竜技を修めたお前は人間ではあっても人類に非《あら》ず。龍《ロン》なりき」

「ああもう、師匠と話してても埒《らち》が明かないんで。グラ姉はどこです？」

「報告があると聖母のところに向かったぞ。会わなんだか」

「あちゃー、入れ違ったのか……」

まあ、師匠に挨拶するのが目的だったし戻ればいいんだけどさ。

「せっかく来たのだ。赤子の顔を見ていかんか」

「ああ……そうですね。そうします」

師匠に招かれて部屋の中に入る。

部屋の中心にある『揺り籠』と呼ばれる祭壇では布にくるまれたかわいらしい赤ん坊がスヤスヤと眠っていた。俺が森で拾われた後に生まれた、唯一の妹。あの日、この部屋で、人類の冒険者に誘拐されそうになった。

「あの、ひょっとしなくても師匠がここにいたのって……」

「無論。また賊が来た暁《あかつき》にはこの手で一人残らず処すためよ」

並々ならぬ決意表明に俺は思わず生唾を飲み込んだ。師匠がこれほどまでに鬼気迫る表情を浮かべたのを見たことがなかったからだ。

「あの日、賊が押し入ったとき儂《わし》は最奥でのうのうと寝ていた。しかも天魔大戦《てんまたいせん》を共に戦い抜いた人類の盟友たちと酒を酌み交わす夢を見ていた体《てい》たらく。もはや友との盟約は儂を縛りつけてはいない。人類が寝所に立ち入らば、殺すのみ」

其《それ》は怒りに非ず。

其は誓いだった。

人類にどんな仕打ちを受けても頑《かたく》なに盟約を守り通そうとし続けていた師匠。それが赤子を攫《さら》われかけたことで己が不甲斐なさに恥じ入り、人類鏖殺という正反対の思想に舵《かじ》を切った。

何万年も昔の人類との約束が師匠にとってどれほど大切だったのか。それを破棄せねばならなかった無念……俺には想像すらできない。

「聖母のところに戻るがいい、我が弟子よ」

師匠の声音はいつになく優しかった。だけど、表情はとても辛そうで。

「そして願わくば、我が宿業《しゅくごう》をこの手で断ち切る機会を。人類鏖殺の裁定を下した際には、いの一番の知らせを」

その言葉を聞いたとき俺は……この人に人類を殺させたくない、と心の底から願った。

寝所から俺が帰宅すると、居間のほうからこんな会話が聞こえてきた。

「まあまあ、深姫《しんき》ちゃん。アイレンちゃんだって頑張ってるんだし、もう少し様子を見ましょうよ」

「むぅむぅ……サンサルーナは人類に甘過ぎる〜………」

この声と寝息……師匠の言った通り、グラ姉とは入れ違いになってたみたいだ。

「ただいま」

「おかえりなさい、アイレンちゃん」

居間に入るなり帰宅の挨拶をするとサンサルーナが笑顔で迎えてくれた。一方、さっきまで会話していたはずのグラ姉はというと――

「ｚｚｚ」

寝息を立てていた。

「グラ姉！」

「………はっ。アイレン、帰ってたんだね。おかえり」

「……今寝てただろ」

「ううん、寝てないもん」

あんな寝息まで立てておいて悪びれもなく堂々とそう言ってのけたのは、大きなクッションにしがみついたまま寝ぼけ眼《まなこ》を向けてくる藍の衣を纏った少女。グラ姉こと〝藍竜深姫《あいりゅうしんき》〟アイザム・グラヴィエだ。

こんななりでも竜王族の『永眠』を管理する七支竜のひとりだったりする。

「はいはい、グラ姉は寝てないよ。そんなことより母さんと何を話してたのさ」

「それはもちろん、ボクの睡眠についてだよ～……」

「あらあら、全然違うわ。深姫ちゃんは眠りを妨げる人類はみんな滅ぼしたほうがいいって言ってたのよ」

「違わない。睡眠は全てに優先するんだよ。ボクの命よりも大事なんだから。なのにあいつらボクの眠りを邪魔するんだもんね……許せないよね。みんな死ぬべきだと思うな～……ｚｚｚ」

また寝た。

いいや、寝かせておこう。どうやら、いつもの世間話みたいだし。

「あれ、そういえばミィルは？」

「アイレンちゃんのことを待ち切れなかったみたい。深姫ちゃんに挨拶だけして遊びに行ったわ。蜜パイがもうすぐ焼きあがるから匂いで戻ってくるとは思うけど」

サンサルーナが姿の見えないミィルについて教えてくれた。

年長者の竜王族が訪問してるのに出かけちゃったのか。まあ、グラ姉は会話中にもいきなり寝るし、話し相手としては退屈だったんだろうけど。

「………はっ」

あっ、グラ姉が起きた。

「寝てていいよ。もうすぐパイもできるし」

食べていきなよ、と暗に伝えたつもりだったけど……長居するつもりはないのかグラ姉はふらふらとした足取りで立ち上がった。

「いやいや、まだ報告が済んでなかったから一応頑張ろうとね……」

「報告?」

そういえば師匠がそんなことを言ってたような。

なんて思っていると……グラ姉がいつも通り緊張感のない声でとんでもない報告をしだした。

「そそ。さっき、森にまた賊が来てるって眷属竜から知らせが入ったんだ」

「えっ⁉　賊って……冒険者がまた来たってこと⁉」

「あらあら、大変ね」

サンサルーナが頬に手を当てながら暢気《のんき》にコメントした。

ていうか、何もないのにグラ姉が起きてくるわけないと思ったけど、そういうことか！

「また慰霊殿を荒らそうとしてるの？」

慰霊殿は大昔の戦争で亡くなった竜王族や竜の墓所だ。あそこもダンジョンになっていて、人類裁定が始まった後は魔物が放たれて侵入者を迎え撃つ手筈《てはず》になっている。

だけど、グラ姉は億劫《おっくう》そうに首を横に振った。

「んー ん……方角的には向かってるのは寝所のほうかな……」

えっ、あっちには師匠が……。

「いや、待って。グラ姉基準でさっきってことは……」

嫌な予感に頬に汗が伝う。

「そうねえ。もう結構前のことになるんじゃないかしら」

のんびりしたサンサルーナの相槌に思わずはっとした。事態をより正確に把握するために、立ったまま舟をこぎ始めたグラ姉を揺り動かす。

「グラ姉！」

「……はっ！　やめてよねアイレン、温厚なボクでも何度も起こされるとさすがに殺意湧くから」

「今は寝るときじゃないでしょ！　寝所はグラ姉の管轄《かんかつ》なんだから！　だったら前みたいに眠らせて冒険者たちを捕まえられるだろ！」

「へーきへーき。ディーロンには最初に伝えたし、侵入者が近づいてくるって教えたら本人もやる気満々だったし。賊は放っておけばいなくなる。そうすれば静かになってまた寝れる……ｚｚｚ」

うわっ、師匠はもう知ってたのか！

だから寝所にいたんだ！

「ごめん母さん、俺ちょっと行ってくる！」

「いってらっしゃい。パイが焼けるまでに帰るのよ」

手を振るサンサルーナに見送られながら家を飛び出すと、俺は竜闘気を全開にして一気に寝所まで駆け抜けた。

王都に構えた屋敷でノールルド伯は誇らしげに息子を出迎えていた。

「どうだビビム。学院での生活は」

「はい、父上！　全てが万事順調にうまくいっております！」

キグニスによって改竄《かいざん》された成績表を眺めながら、ノールルド伯は満足げに頷いた。

「そうだろうそうだろう。お前は私の息子なのだ。うまくいかないはずはあるまい。ところでビビム。学院に変わった生徒は来なかったか？」

「変わった生徒ですか？」

「そうだ」

ビビムの脳裏に真っ先に思い浮かんだのはアイレンとミィルの顔だった。

「はい、おりました！」

「そうか。いやな、実を言うと学院に竜王国の使者がお忍びでやって来ているのだ」

「竜王国……ですか？」

ノールルド伯はあっさりと竜王族と人類裁定のことをビビムに明かした。学院長が伝えてきたリリスルの警告など気にする必要がないといわんばかりに。

「竜王国といっても大した人数もいない、集落以下の規模だがな。なのに奴らは分を弁《わきま》えず、人類を裁定するなどと嘯《うそぶ》いているらしい」

「なんと。トカゲ風情《ふぜい》がなんと生意気な……」

「まったく、お前の言う通りだ。連中は人類を皆殺しにすると言っているらしいが、そんなことはあり得ないのだ」

「どういうことでしょうか、父上？」

「竜王族と人類との間には古の盟約がある。すなわち竜王族は人類に手出しをしないというな」

ノールルド伯は盟約の詳細を知らない。だが、竜王族が人類に一方的に従属する内容と捉えていた。何故なら、これまで冒険者を派遣して森を略奪させても何もなかったからである。

そう、ノールルド伯は竜王族の森にある数多《あまた》の秘宝を手に入れて、王に献上していた。そうやってセレブラント王宮での地位を得たのである。

中級貴族出身の浅学《せんがく》ゆえ、成り上がり貴族の傲慢《ごうまん》ゆえの過ちであった。

「だから王宮の貴族たちにも何も心配はいらないと伝えてやったよ。いやあ、慌てふためく連中のなんとおもしろきこと。王も私の言いなり。竜王族の宝は全て私の物のようなものなのにな。現に今も冒険者を送り込んでいるところだ」

前回送り込んだいつもの冒険者パーティは何故か失踪してしまっている。しかし、ノールルド伯は森に辿り着く前に魔物にでもやられたのだろうと深刻に捉えていなかった。彼にとって冒険者は代えの利《き》く駒に過ぎない。

「さすがでございます！　父上は世界の全てを裏から支配していらっしゃるのですね！」

息子の称賛を満足げに受け止めるノールルド伯。

「まあ、さりとて竜王国の使者を無下《むげ》にすれば連中とて鈍い牙を研《と》ぐやもしれぬ。万事慎重に運べよ、ビビム」

「無論でございます。それと……その使者というのが何者なのか、察しはついております！」

「ほう、さすがは私の息子だ。既に使者が誰か見抜いていたか」

「ええ、実は……学院長が耄碌《もうろく》していて不正を見抜けずに入学を許可した田舎者の平民がいるのですが、其奴《そやつ》の隣にいる少女に間違いないと存じます」

そう、彼はミィルこそが竜王国の使者であると誤認していた。まさかアイレンが使者とはこれっぽっちも考えていない。

「はは、なるほど。見る目のない連中だな。しかしその田舎者の平民風情、不正な手段で入学したところで授業について行けるはずがなかろうに愚かなことだな」

「はい。そのはずですが、どうやら教官を抱き込み成績を改竄させているようなのです」

ビビムが自分のことを棚に上げながら、アイレンも同じことをしているに違いないとばかりに断言した。

「実に嘆かわしい。その不正入学者も抱き込まれた教官も学院から追放すべきだな」

父親の評価に頷くビビム。

「実はその不正入学者の悪事を暴くために動いているところです。せいぜい竜王国の使者とやらにも恩を売ってやりますよ。ペテン師に騙されるところを救ってやったんですから！」

そうすればあの少女と近づく機会もできるだろう。竜王族の使者と懇意《こんい》にできれば父上も喜んでくれるかもしれないと、ビビムは無邪気に考えた。

「はははは、頼もしい。まったく我らの未来は安泰《あんたい》だな。せいぜい使者に人類の素晴らしさを教えてやりなさい」

「はい、父上！」

ノールルド伯とビビムは笑い合う。

かたや搾取される骨董品の滑稽《こっけい》さが可笑しくて。

かたや他の生徒たちが知らない真実を知っていることに酔い痴《し》れて。

このやりとりの一部始終を見聞きしていた者がいたとは露ほども知らずに。

俺が辿り着くと、今まさに冒険者たちが寝所に侵入しようとしているところだった。

「待て！　寝所に足を踏み入れるな！」

冒険者たちがこちらを振り返る。全員、知らない顔だった。普段ここに来る冒険者たちじゃないようだ。

「なんだこのガキ？　どうしてこんな森に」

「俺たちは冒険者だ。ダンジョン探索が仕事でな」

冒険者たちは俺のことを無視して寝所に入ろうとする。俺は入り口に回り込んで、彼らの行く手を阻んだ。

「おい、そこをどけ。邪魔するんじゃねえ！」

「ここを荒らせば竜王族の怒りを買うぞ！」

俺の警告を聞いた冒険者たちはプッと噴き出して、あからさまに馬鹿にするような視線を送ってきた。

「何だコイツ、知らないのか？」

「竜王族は俺たち人間には手出しできねえんだよ」

「なんか昔に約束したらしいな」

「ハッ、馬鹿な連中だぜ！　そんなもんに拘《こだわ》ってよ。まあ、おかげで仕事はやりやすいけどな」

ああ。

こんな奴らがいるから。

厳しいけど優しかった師匠が。

そして、みんなが。

「お前らが――」

「あん？」

許せない。

絶対に許せない。

「お前らみたいな奴らが、みんなを侮辱するな！」

俺の怒りの叫びを聞いた冒険者たちが、しらけたように無表情になった。

「なんだこいつ」

「面倒くせえ。やっちまおうぜ」

冒険者たちが殺気を纏う。

戦士ふたりが抜剣。弓使いが矢をつがえ、斥候《せっこう》が短剣を構え。神官が首から下げる聖印を握り、魔法使いも杖を持つ手に力をこめる。

「すぅ――」

息を、吸う。

竜闘気解放。

対人竜技、開帳。

もはや我に一切の迷いなし。

「おら、くたばれ」

完全に舐《な》め切った調子で繰り出される斬撃を体捌《たいさば》きで躱《かわ》す。

「……おっとっと」

「はは、ガキに避けられてんじゃねえよ。ちゃんと本気出せ」

「へへ、わかったよ！」

少し本気になったのか、戦士が続けざまに攻撃を繰り出してきた。

剣技はそれなりだけど動きに無駄が多過ぎる。洗練が足りない。間違いなく我流。

——未知の相手は見《けん》に回れ。初見殺しが来ても体が対処してくれる。

剣の軌跡を紙一重で見切り相手の強さをはかりながら、師匠の教えを思い出した。

「クソッ、なんで当たらねえ！」

「おいおい、いい加減にしろよ」

全員同時にかかってきたときにも備えていたけど、他の連中は囃《はや》し立ててくるだけだ。

その油断、遠慮なく突かせてもらう。

——弟子よ。冒険者を相手にするとき最初に始末すべきは——

「……え？」

魔法使いが呆然と立ち尽くす。

隣の神官が一瞬で氷漬けになったからだ。

俺が無詠唱で行使したのはフリーズコフィン。対象を仮死状態にして氷の棺に閉じ込める魔法だ。

「……最初に倒すのは回復手段を持っている神官から。ですよね、師匠」

「「「「なっ……⁉」」」」

　魔法使い以外の連中も気づいた。目の前の戦士まで振り返っている。こちらが一度も攻撃していなかったからといって、あまりに無防備。

　繰り出したるは掌底《しょうてい》による打突、狙いは心の臓。

「かはっ……⁉」

　ほんの一瞬とはいえ心停止した戦士が吹っ飛んで気絶する。

　神官を無力化、戦士も倒した。

　この間《かん》、一刹《いっせつ》。

「こいつ、まさか竜王族か⁉」

「手出しはしてこないはずじゃ！」

「本気でかかれ！」

　ようやく状況を飲み込んだ冒険者たちが一斉に襲い掛かってくる。

　魔法使いの詠唱開始を確認。人類術式を学んでから編み出した対抗詠唱を息をしい、い、い、止めたまま開始しながら、まずは目の前にやってきたもうひとりの戦士に対処する。

足運びと剣の持ち方から先ほどの男とほぼ同じ技量と推定し、攻撃を躱《かわ》しながら弓使いの射線に常にこの戦士を入れるように立ち振る舞う。

「クソッ、狙いが……！」

合間を縫って竜闘気による威圧を放つ。心理防壁をたやすく貫いたらしく、弓使いは泡を吹いて倒れた。

「この野郎！」

遮蔽《しゃへい》としての役目を務めあげた戦士の腕を取り、背負い投げ一本。背後に回り込もうとしていた斥候にぶつけた。ふたりとももんどりうって倒れる。そこで魔法使いがようやく詠唱を終えようとしていたので、完成させた対抗詠唱をすかさず割り込ませ、その効果を変更する。

「ファイアーボルぎゃあああっ!!!」

魔法使いの杖から放たれるはずだったファイアーボルトは暴発し、魔法使い自身の顔を焼いた。

「お、おい早くどけ！」

頭を打って気絶していた戦士をどけて立ち上がろうとする斥候の背後に回り込み、首筋に手刀を打ち込む。意識を刈り取ったのを確認したあと、慌てふためく魔法使いの元に駆け寄り羽交い絞めにした。仲間の支援もなく首を絞められて詠唱できない魔法使いにもはや打つ手はない。

最後のひとりを完全に落として誰も立ち上がって来ないのを見届けたあと。

「はぁ――」

息を、吐く。

竜闘気消沈。

対人竜技、閉帳《へいちょう》。

文字通り一呼吸のうちに決着がついた。残心してから、瀕死《ひんし》の重傷を負った冒険者たちに最低限の応急魔法だけかけて救命する。

そこに。

「見事だ、我が弟子」

「師匠！」

いつの間にか寝所から師匠が顔を出していた。

「こいつらのことは俺が始末をつけます。ですからトドメは――」

「案ずるな。他龍《たにん》の獲物を横取りするほど落ちぶれてはおらん」

師匠はいやに上機嫌だった。どうやら俺の戦いぶりを最初から見ていたらしい。

「それよりも驚いたぞ。竜技の冴えはまだ伸びしろがあるが、もはや魔法では敵わんな」

「竜技特化の師匠にはずっと前から勝ってましたけど」

「呵々《かか》！　若輩が減らず口を叩きおる！　またぞろ修行でもつけてやろうか！」

「それだけはご勘弁を！」

愉快そうに呵々大笑《かかたいしょう》する師匠。

それが唐突に止んだ。


「　だが、そいつらを生かしてなんとする？　」


地の底から響き渡ってくるような衝撃に、びりびりと体が震えた。吹き飛ばされそうになるのを、大地に気の根を張って堪える。

「　盟約なき今、同じ所業を繰り返さぬよう全員殺しておくべきであろう　」

師匠が仕掛けてきたのは竜王族の禅問答――『意気合わせ』だ。

吐息《ブレス》をぶつけ合う竜同士に見立てた、心を試す伝統の討論。

心理防壁すら満足に張れない人類では言葉をぶつけられただけで卒倒する。

もちろん気を失えば論破《まけ》だ。

だから、ここから先は退いてはならない。

「殺してもまた別の人類が来ます　」

「左様　それ故《ゆえ》の人類鏖殺《おうさつ》　それ故の人類殲滅《せんめつ》　もはやわかり合えぬ
もはや通じ合えぬ　」

情に訴えかけたところで師匠は揺らがない。

ならば少しでも実を示すべきだ。

「俺はそうは思いません　人類にも価値はあります　」

「どのような？　」

「先ほど俺が魔法使い相手に用いたのは人類術式の応用です　詠唱に詠唱を割り込ませて暴発させせました　」

師匠の眉がわずかに跳ねた。

「成る程　既に価値を示していたか　だが、其《それ》が如何程《いかほど》の事であると？

魔法など拳で打ち返してしまえばよい　」

「繰り出せる手数は多いほど好《い》いと、師匠は仰せだったと思いますが　」

ああ云《い》えばこう云《い》う。

繰り返される答えの出ない言葉のぶつけ合い。

互いに持論をぶつけ合って己《おの》が主張を語り合う。こうして、ひとりひとりが考えを吐き出して、それを最大限に尊重し合うのが竜王族の習わしなのだ。

「よかろう。及第点とする」

互いに譲らなかった意気合わせの終わりを決めるのは、常に目上の竜王族だ。若き竜を導くのは年上の義務とされている。

師匠が踵を返して背を向けた。

「そやつらは好きにせよ。とはいえ、寝所を荒らそうとしていたのだ。深姫《しんき》とよく相談して沙汰《さた》を決めよ」

「はい！」

俺の返事にひとつ頷くと、寝所の中に戻っていく。

その背に向かって俺は頭を下げた。

「意気合わせありがとうございました、師匠！　どうか……その爪、その牙。汚されることのないよう、お祈り申し上げます！」

頭を上げると、師は足を止めていた。

しかし、振り返ることなく。

「……こちらこそ礼を言うぞ、我が弟子」

そう呟いてから今度こそ俺の前から去っていった。


俺とミィルは冒険者ギルドに向かった。

侵入者が依頼を受けたギルド支部は、人類が竜王族に無断で森を開拓した街インウッドにある。

実を言うと最初は人類裁定をこの街でやるって話もあった。だけど、この街を裁定基準にしてしまうと人類鏖殺一択になってしまうとサンサルーナが反対した。公平さを保つため、未来の為政者を見定めるという目的も兼ねて、セレブラント王都学院に白羽の矢を立てたのだ。

さて、インウッドの冒険者ギルド支部はひとつしかないので寄り道せずに向かったんだけど……。

「はぁ？　あなたたちが竜王族の代表？」

ギルド受付嬢に身分を明かしたときの第一声が、これだった。

「はい。こちらから派遣された冒険者が森を荒らして迷惑なので抗議しに来ました」

「竜王族が文句言いに来るわけないでしょう？　嘘を吐くならもっとマシな嘘を吐きなさいよね」

　この回答は一言一句、ギルドに向かう俺にサンサルーナが予言してくれた通りのセリフだった。限定的にではあるが橙竜聖母《とうりゅうせいぼ》は未来を見通すことができるのだ。

『竜王族のこれまでのやり方は人類を信じるあまり人類を増長させてしまったの。甘やかしてきた竜王族にも責任はあるんだから人類を滅ぼすのはやめて共存の道を模索しましょうね』

　竜王族の赤子が攫《さら》われそうになったときに人類の肩を持ったのがサンサルーナだ。

　師匠とサンサルーナ、七支竜同士の壮絶な意気合わせの結果……人類鏖殺派《じんるいおうさつは》と人類共存派《るいきょうぞんは》の折衷案ができあがった。

　それが人類裁定。

　だけど今回の俺は裁定者ではなく、あくまで警告のために来ていた。

「嘘じゃありません。証拠もあります」

　ギルドで俺たちがやることは、ふたつ。

　救命措置を終えた冒険者たちをギルドに送り届けること。そのひとつ目を果たすべく、俺は封印の宝玉を取り出した。

「リリース」

コマンドワードに反応して封印の宝玉が輝く。

次の瞬間、ギルドのど真ん中に捕らえた五人組がドサッと現れた。俺たちを馬鹿にした視線を向けていた冒険者たちも目を丸くする。

「えっ……!?」

「うちの森を荒らそうとしていた冒険者たちですが、死んではいないです。気絶してるだけですので。引き取ってください」

「そ、そこで待っててください！」

受付嬢が慌てた様子で奥に引っ込んでいった。

ミィルがこそこそと耳打ちしてくる。

「サンママの言う通りになってるねぇ」

「予言が当たってるならギルドマスターが来るはずだけど……」

一方で、ギルド内から向けられる視線が一気に剣呑《けんのん》なものに変わった。あきらかに敵視されている。サンサルーナは何も言ってなかったけど、予言するまでもないってことなのかな？

「竜王族の代表者っていうのはお前らか」

受付嬢と入れ替わりに現れたのは大柄の中年男性だった。それなりに修羅場をくぐってそうな迫力がある。

「俺がギルドマスターだ。お前らは？」

「レンです」

「ルミだよ」

ふたりして偽名を使う。王都学院はかなり離れているとはいえ、万が一にも学院の生徒に俺が竜王族の使者だとバレないためにだ。

「ところで場所を変えませんか？」

「いや、ここでいい」

ふむ……サンサルーナの予言の分岐によると誠意があるなら応接間、そうじゃなければ受付ロビーのままって話だったな。

どうやらギルドマスターは俺たちとやり合う気みたいだ。

「で、竜王国の使者様とやらが正式に抗議しに来たってか？」

「ええ、そうです。今後、冒険者はあの森に立ち入らないでください」

「あの森で採れる素材はとても貴重なんでな。今さら森に来るなって文句を言われても困るんだ。駄目だって言うならなんで今までは何も言ってこなかったんだ？」

「ある程度は目こぼしをしていただけですよ。送還した冒険者たちに何度も警告を伝えていたはずですけど？」

「そうかぁ？　俺は『何も聞いていない』がな。そもそも、お前らみたいなガキが使者っていうのがお笑い草なんだよ。痛い目に遭いたくなければこのまま大人しく森に帰るんだな？」

ギルドマスターがニヤリと笑った。

「ハッ、そーだそーだ！　森に帰りやがれ！」

「お前らは大人しく搾取されてりゃいいんだよ！」

「ここは人間様の街だぞー！」

ギルド内の冒険者たちの反応も似たようなものだった。そこに竜王族に対する敬意なんて欠片《かけら》も見られない。

「それがあなたたちの答えですか」

「そういうこった。それにな、お前らが俺たちに本気の暴力を振るえないのはこっちだって知ってるんだよ。もっとも元Sランク冒険者だったこの俺がいるからには、森の支配者気取りのトカゲどもに後れを取るつもりはねえがな」

ひどい言われ様だ。もし学院で最初にここまでの対応をされていたら、俺も人類鏖殺に賛成せざるを得なかったかもしれない。

抗議を受け入れてくれればと思っていたけど、こうなっては仕方がない。

強硬策だ。

「竜王国の森はセレブラントの領土ではないから、この街は公式には存在しないってことになってるそうですね」

「あぁん？　なんだ、何の話をしてる」

「俺たちがここに来た目的はふたつあるんです。ひとつがそこに転がってる冒険者五人を引き取ってもらうこと。そしてもうひとつ――」

一度言葉を区切ってから、はっきりと告げた。

「竜王国と人類の間で結ばれていた盟約が無効になったとお伝えすることです」

「……は？」

シーンと静まり返るギルド内。沈黙を破ったのはギルドマスターの笑い声だった。

「あっはっはっはっは！　そうかそうか！　つまり、これからはお前らを好き放題にしていいってことか！　依頼人の意向で盟約には気を遣えって話だったんだが、今後はその注意書きもいらなくなるな。わざわざありがとうよ」

他の冒険者たちも俺たちを馬鹿にするように笑い出した。

ああ、この人たちは……本当に何もわかっていないんだな。

これまで冒険者が無傷で帰ってきた理由を聞いてないんだろうか。よく考えたら、わざわざ自分たちがなすすべもなくやられたって話を冒険者たちが吹聴するわけないか。今は森によく来てた冒険者もギルドにいないみたいだし。

「盟約がないなら、こちらも報復が可能になるということです。最悪、ここの街は見せしめに滅ぼしてもかまわないって話になっているんですが」

「この街を滅ぼすだと？　こいつは傑作だ、やれるもんならやってみな！」

ギルドマスターが凄んでくるけど、こちらは粛々と伝えることを伝えるだけだ。

「もしも今後冒険者が森に立ち入った場合、これからは盟約破りをした冒険者たちと同じ運命を辿っていただきます」

ここでようやくギルドマスターの表情が変わった。嘲笑から疑問、そして驚きへと。

「待て……まさか、森に向かったパーティで帰ってきてない連中がいるが、まさか」

「我々の怒りに触れて死にました。そこにいる彼らは禁を犯す前に俺が無力化したので、こうしてお返しにあがったわけです」

冒険者が殺されたと聞いて、他の冒険者たちの何人かが立ち上がった。少なからぬ殺気を纏っている。

「それに、あなたたちの増長を許したのは我々の落ち度でもあります。この街が生まれ故郷の人もいるでしょう。ですから、街を廃棄しろとは言いません。ですが今後、冒険者は森に立ち入らない……これを確約いただけないならインウッドの街を滅ぼします。これは最後通牒です」

「ハッ、小僧に娘っ子、ふたりだけで何ができるってんだ！」

ギルドマスターがそう叫んだ瞬間。

冒険者ギルドの屋根が残らず消し飛んだ。

「「「「…………………へ？」」」」

俺たち以外の全員が呆《ほう》けた顔で青空を見上げる。

「今のは『でもんすとれーしょん』だよー」

口元を拭いながらミィルが笑う。

なんのことはない。彼女が天井に向けて水の吐息《ブレス》を吐いたのだ。二階にはギルドマスターの部屋しかなくて、今は無人だってことは把握している。

人的被害はない。今はまだ。

「大人しく従っていただけない以上、実力行使に踏み切りますね。手始めにこのギルドの建物を更地《さらち》にします。これは決定事項ですので死にたくない方は今すぐ避難をどうぞ。三十秒の猶予を与えます。皆さんは冒険者ですから残ってお亡くなりになった場合は自己責任ということで――」

「お前ら！　今すぐにこいつらを殺せ！」

俺の言葉を遮《さえぎ》ってギルドマスターが号令をくだす。

何人かの冒険者がすぐに動いた。子供が相手だろうと一切の迷いなく殺す気で襲い掛かってくる。この状況で放心せずに頭を切り替えて攻撃に移れるってことは腕に覚えがある人たちなんだろう。

だけど、全てが無意味だ。

何故なら今回のミィルには学院に通っているときの枷《かせ》がない。その気になれば全力を出せる。

つまり――

「なんだこれは！」

「攻撃が弾かれる！」

半円状のシャボン玉みたいなものが、俺とミィルを冒険者たちの総攻撃から守った。

ミィルの結界だ。剣はもちろん、魔法を受けてもビクともしてない。

「はいはい、みんな建物から出て行ってね。死んじゃうからねー」

ミィルが手をパンと打ち鳴らすと、結界のシャボン玉が外側に向けて勢いよく弾けた。その衝撃で攻撃に参加していた冒険者たちがひとり残らず建物の外まで吹っ飛ばされる。

「そんな馬鹿な！　Sランクパーティの『伐採雑技団』が⁉」

「ちっちっちー！」

驚くギルドマスターに、ミィルが追い打ちをかけるように指を立ててかわいらしく左右に振ってみせた。

「人類の中ではとっても強い人たちなんだろうけど、あたしたち竜王族からすると赤ちゃんといっしょだよ。わかる？　竜王族がこれまであなたたちを見逃してあげてたのはね？　『子供のすることだと思ってた』からだよ？　そこは弁《わきま》えてほしいなー。それとおじさん、あたしのことガキガキって言ってたけど、こっちのほうが全然年上だからねー？　それじゃ年長者への敬《うやま》いがない人には、この街から出て行ってもらいましょー！」

ギルドマスターを含め、残りの冒険者たちが全員、ミィルのシャボン玉に閉じ込められた。そのままふわふわと吹き抜けになった建物の穴から宙に浮いていく。

「出せ！　ここから出せー！」

「そこで見ててねー。アイレン、もういい？」

「ああ。このギルドの建物に生きてる人間のオーラはもうない」

お互い頷き合って上空に飛行する。俺とともにギルドを眼下に一望できる高さにまで到達したミィルが、指を天に向ける。その指先から水の玉が湧き出ると、みるみるうちに巨大な水球になった。

「アイレン、大きさこれくらいでいいかな？」

「うん、そこでストップ。この高さと大きさ。ちょうどギルド一棟分だよ。周りの建物には全部加護を張ったから被害は出ない」

「はーい！　じゃ、いってらっしゃーい！」

ミィルがギルドの建物めがけて巨大水球を落とした。ギルドの建物は水球に包まれて、ひとたまりもなく圧壊する。魔力の水が消え去った後、ギルドのあった区画だけが真《ま》っ新《さら》になっていた。

「ああっ貴様ら！　よくも俺のギルドを！」

近くでぷかぷか浮かんでいたシャボン玉から声がする。ギルドマスターだ。

「わかってんだろうな、ここからはもう戦争だぞ！　領主様が知ったらお前らの森なんざ――」

「あ、ちなみに街の領主には一応こうなったときに備えてギルドの破壊許可を取ってありますから。はい、これ許可証です」

「え……」

ギルドマスターが拠《よ》り所にしていた領主が既に、俺たち――竜王族側に屈していることをようやく理解したらしい。

そしてそれは、今この上空において、自分を守るものが何もないことを……純粋に目の前の強者に生殺与奪権を握られているという事実を、嫌でも理解させた。

「ところで抵抗するようならあなたの身柄も好きにしていいって話なんですけど、今ここでそのシャボン玉を割ってみましょうか。この高さなら即死だと思いますけど」

「ひっ……」

「嫌だ……死にたくねえ……死にたくねぇ……」

「何でこんな目に……ここの森は好きにしていいって話じゃ……」

　ようやく自分たちの立場を理解したギルドマスターとその他ギルド員たちが顔面蒼白となった。

「わ、わかりました！　もう二度と冒険者を森には派遣しません！　なんでもしますから、どうか命ばかりはお助けを！」

　シャボン玉の中で必死に土下座するギルドマスター。

「……なんでもするんですね？」

　俺が確認すると、ギルドマスターは何か思い出したようにガバッと顔を上げた。

「あ、でもギルドのルールで依頼人が誰なのかをお話しすることはできないんです！　それだけは許してください！　この通り！」

「それは結構です。俺自身は聞かされてないですけど依頼人が誰なのかはとっくの昔に調べがついているらしいので。その人も別途、報いを受けることになるでしょうね」

「なっ……!?」

「あなたたちの隠し事なんて、俺たちには最初から全部お見通しだったたってことですよ」

「そんな……」

――自分たちは竜王族の手のひらの上で踊っているに過ぎなかった。現実を思い知ったギルドマスターは今度こそ完全に心が折れたのか、力なく項垂《うなだ》れる。

こうして。

俺たちを長年苦しめてきた冒険者たちの略奪に終止符が打たれたのだった。


「何？　依頼失敗だと？」

冒険者ギルドからの報告書を読みながら、ノールルド伯はソファの上で眉をひそめた。

「やれやれ、今回の連中は無能だったか。まあいい、また別の連中を送り込めば――」

と、そこである一文が目に留まる。

『同様の依頼は今後は一切受付できない』とあったのだ。

「……どういうことだ？」

読み進めていけばいくほど疑問符が増えていく。同様の依頼を受ける冒険者が見つからなくなったため、金をいくら積まれても引き受けられないという内容がつらつらと書いてあったのだ。

「ええい、ならばもうよい！」

読み終わったノールルド伯は報告書を腹立ちまぎれに破り捨てた。

「どうされましたか、父上」

ただ事ではない様子に息子のビビムが心配してやってくる。

「なに、どうということはない。少しばかり面倒事が増えただけだ」

竜王族の森は希少な薬草や毒草が大量に自生していて根こそぎ採っても採り尽くせぬほど、それが簡単にいくらでも採り放題。ダンジョンに魔物は配置されていないのに、宝はより取り見取り。

それをみすみす諦《あきら》めるなどノールルド伯には考えられなかった。

あと少しで侯爵位に手が届くかもしれないという大事なときなのだ。王への献上品を途絶えさせるわけにはいかない。

（いや、よく考えたら竜王族は我々に手出しできないのだから冒険者を雇わなくても良かろう）

そのことに気づいたノールルド伯は自らの明晰《めいせき》さに惚れ惚れし、機嫌が良くなった。確かに少しばかり手間が増えるが冒険者ギルドを通さずにならず者でも雇えばいい。金に糸目をつける必要はない。何しろ利益は何倍にも膨れ上がるのだから。

「ビビム。そういえば今日で学院の夏期休暇も終わりだったな」

「はい、父上」

「竜王族の使者が誰であるか突き止めているのだったな。ならば愚鈍な田舎者でもわかるよう噛んで含めるようによく言い聞かせておけ。どちらが上でどちらが下なのか、よく弁《わきま》えるようにとな」

「かしこまりました。お任せください、父上！」

人類裁定などはったりだと考えるノールルド伯は、秘密にしなくてはならないルールをとっくの昔に忘れていた。

もっとも事の次第は既に漏れていたりするわけだが、実を言うとノールルド伯自身が信じるように彼だけは特別で、例外だった。竜王族の赤子を攫《さら》おうとした下手人であるかどうか見定めるため、リリスルに敢えて泳がされていたのである。

そうとは知らないノールルド伯は優雅にワインを嗜《たしな》んでいた。

「竜王族など我らの糧《かて》になるのがお似合いの田舎者どもだ」

「……田舎者？」

「どうした、ビビム？」

「いえ、例の不正入学者のことをそのように呼んでいたので。なんとなく思い出しただけです」

「そうだったか。まったく、支配されている自覚のない連中というのはどいつもこいつも度し難い田舎者だな」

親子はふたりして笑い合う。

この世に生きとし生ける人々は、人類の未来がこんな愚かな親子の双肩にかかっているなどとは夢にも思っていなかった。

第四章　神滅のダンジョン

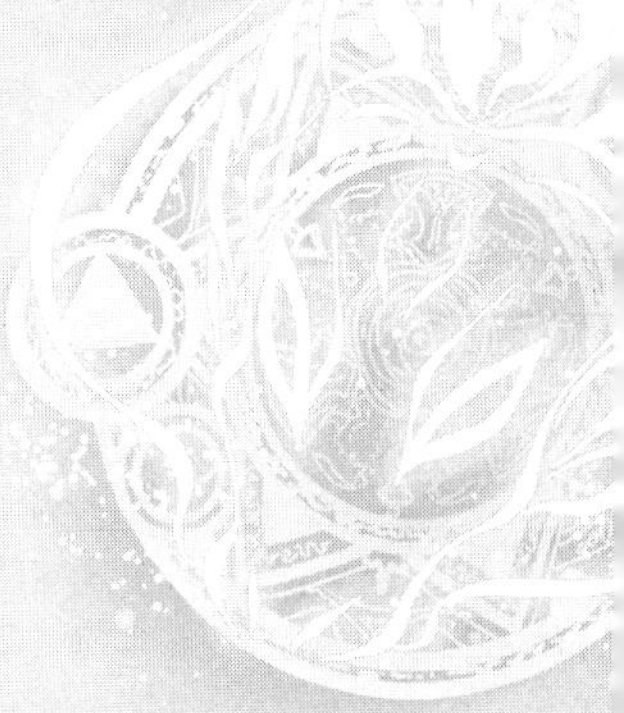

The Strongest Raised by DRAGON

「おはようラウナ」

「おはよー！」

「おはようございます。アイレンさん、ミィルさん。また今日からよろしくお願いしますね」

久しぶりに会ったラウナに教室で挨拶した。

今日から夏期の授業が始まる。

「休みの間はどうしてましたか？」

「いやあ、いろいろ大変だったよ。親の手伝いだったり、姉さんの仕事を手伝ったりさ」

「まあ。アイレンさんは孝行息子なのね」

ラウナがころころと笑っているが、もちろん内情はそう単純ではなかった。

グラ姉を説得して――というか意気合わせを仕掛けたら「眠りたいから負けでいい」と言い出したので――瀕死の冒険者たちをギルドに送り返したり、竜王国からの正式な警告を伝えるために俺とミィルがギルドに赴《おもむ》いたりして。

何はともあれ今後は冒険者が来ることはないはずだ。

これをもっと昔にやっておけば人類裁定なんてことにならずに済んだんだろうけ

ど、なんだかんだでみんな甘かったし、盟約もあったから人類と事を荒立てたくなかったんだろうなぁ。

「あたしもがんばったんだよ！」

「そうね、ミィルさんもよくできました」

ラウナに頭を撫でられるとミィルが気持ちよさそうに目をトロンとさせる。その様子を何人かの男子生徒が「女の子同士もいいものだ」「新たな道に目覚めそうだ」などと言いつつ見守っていた。

リードはみんなから挨拶されていて忙しそうだ。

ちなみに俺も挨拶をしたけど、軽い会釈が返ってきた。まあ、無視されなかっただけよしとしようかな。


初日の授業はつつがなく終わった。

放課後、ミィルとラウナといっしょに部室へ向かっていると。

「おいっ、田舎者！」

廊下でいきなり声をかけられた。

この聞き覚えのあるフレーズ……。

「ビビム……」

こいつに絡まれるのも久しぶりだな、と思わず苦笑いを浮かべてしまう。今回は何人もの取り巻きを従えているせいか、いつにも増して高慢な態度だ。

「様をつけろ！」

「何の用です？」

心底どうでもいいので投げやりな口調になってしまった。まあ、ビビムには今さら礼儀を気にする必要はないだろう。

「我々、魔法研鑽《けんさん》部と勝負しろ！　勝ったほうは負けたほうから好きな部員を何人でも引き抜けるという条件でな！」

「そんな勝負受ける筋合いはないですよ」

「勝負方法は……なにっ⁉　貴様、平民の分際で僕の命令に逆らうつもりか！」

ビビムの怒声に合わせて「そうだそうだ！」と一斉に声をあげる魔法研鑽部たち。

「身分が問題なのですか？　ならば部長であるわたくしが正式にお断りしましょう」

ラウナが前に出ていくとビビムがあからさまにたじろいだ。王族と一介の貴族、さっきまでと立場が逆転したわけだ。

ビビムの取り巻きたちは一斉に黙り込むが、ビビムはまだ退かない。

「ラウナリース王女！　そんな田舎者がいる部活はあなたに相応《ふさわ》しくありません！　どうぞ魔法研鑽部にいらしてください」

まるでラウナが断るはずないと思っているかのようにビビムは自信満々に勧誘してきた。

「アイレンさんはわたくし自ら部活に誘ったのです。あなたにそのようなことを言われる筋合いはございません」

「な……何故《なぜ》？　いいえ、あなたは騙されているんです！　そいつは不正入学者なんですよ！」

ビビムの訴えを聞いたラウナが不快そうに眉をひそめる。

「……根拠は？　部員を不当に侮辱するのであれば許しませんよ」

「僕はノールルド伯の息子です。その僕が言ってるんですから、信用してください！」

「話になりませんね」

ビビムに対して冷淡な態度を崩さないラウナ。分が悪いと感じたのか、ビビムが今度はミィルに矛先を向ける。

「君！　君ならどちらが優れた部活かわかるだろう？　魔法研鑽部には二属性混合《ダブル》の使い手だっている！　どうだ、我が部活に――」

「やだー」

「僕自ら誘ってやってるのに……いい加減にしろよ！　こっちは君のことを思って言ってやってるんだ！　こちらについておいたほうが身のためなんだぞ！」

出会ったころならともかく、今ならもうわかる。

こいつ、どうかしてるよ……。

「こんな廊下で何を騒いでいる？」

あっ、リードまで来ちゃったぞ。

いつの間にかいろんな生徒たちも集まってきてるし、どうしよう。

「リード様……」

「ラウナリース？　いったいどうしたんだ」

ラウナの困り顔を見たリードの表情が柔らかくなった。

ここがチャンスとばかりにビビムが間に割り込む。

「王太子殿下！　聞いてください。こいつ平民のくせに僕たち魔法研鑽部の挑戦を断ったんです！」

得意満面の笑みを浮かべるビビムの主張を聞いたリードが心底呆《あき》れたような顔をした。

「なんだそれは……そんなくだらんことで喚《わめ》いていたのか。部活動対抗戦なら正式に双方の顧問に許可を取って手続きしろ。もっとも断られたということであれば成立せんだろうが」

「そ、それは……」

てっきりリードが味方になってくれるとばかり思っていたのだろう。正論で返されて二の句を継げなくなるビビム。

「フン……なるほど。それができないから適当な口約束を結び、非公式戦に持ち込もうという魂胆だったか」

ビビムたちが絶句する。どうやら図星だったらしい。

「いいか。知らなかったのかもしれんが学院内外に限らず生徒同士の私闘は禁じられている。手続きを踏んでいない戦闘行為を行なったが最後、院則に背《そむ》いた部活は両成敗となる。つまり、魔法交流部にお前たちの挑戦を受ける利点はひとつもないということだ。当然、学院長から親元に正式な抗議が届くことになる。お前の父君にも大変な迷惑がかかるだろう」

「えっ……！」

リードに父親のことを引き合いに出された途端、ビビムの顔が一気に青くなった。

「それで？　まだ何かあるのか？」

「ひ、いいいっ!!」

蛇に睨まれた蛙の如くビビムは這《ほ》う這《ほ》うの体《てい》で逃げ出した。魔法研鑽部の部員たちが「ビビム様ー！」とビビムの後を追っていく。

「リード様、ありがとうございました！」

「ありがとうございます」

ラウナに続いて礼を言う。

するとリードは少し照れ臭そうにそっぽを向いた。

「……勘違いするなよ。学院の秩序の乱れを見逃せなかっただけだ。それに」

そう言ってから、俺の目をまっすぐに見据えてくる。

「お前に引導を渡すのはあんな道化《どうけ》ではなく、この私だ。もっとも、まだ当分先の話になるだろうがな」

最後のほうの呟《つぶや》きはどこか自嘲気味だ。

「リード様の部活の挑戦でしたら、いつでもお待ち申し上げております」

「フン……では、私はもう行くからな。ああいう手合いが絡んで来たら、そのときはまた――」

リードが何か言いかけたところにミィルがトコトコと歩いて行って、その瞳をジッと見つめた。

「ミ、ミィルさん。何か？」

「ありがとっ！」

満面の笑みを浮かべながらミィルがお礼を言った。

なんだかピシッとリードが石化する音が確かに聞こえた気がする。

「そ、それじゃあ俺たちはこれで」

「ごきげんようリード様」

「じゃあねー！」

生徒たちの視線が降り注ぐ中、俺たちはその場を意気揚々と立ち去った。

今日は初の課外実習だ。王賓クラス全員が校庭でマイザー教官と合流してから学院所有のダンジョンに向かう。

学院所有のダンジョンは五つある。

火炎獄のダンジョン。

神滅のダンジョン。

滅龍のダンジョン。

宵闇のダンジョン。

土塊のダンジョン。

俺たちが向かうのは全二十階層の土塊のダンジョンだ。

なんでもここだけは初心者向けで、学院の生徒たちは卒業までにここをクリアする必要がある。あとの四つは王国が管理しないと危険な特別警戒ダンジョンらしい。だから学院が一応所有しているような状況だってマイザー教官殿が解説してくれた。

「世界各地にはこのようなダンジョンが無数にあります。ダンジョンには階層ごとにボスの部屋があり、ボスを倒すと一定の報酬を手に入れることができます。ダンジョン内の魔力を元に魔物や財宝が現れるので、冒険者たちはこれらの宝を目当てにダンジョンアタックをかけるのです」

この話を聞いて、俺とミィルはなんで森に冒険者が来るのか納得していた。彼らは俺たちが蓄えた宝だけじゃなくて、ダンジョン内に発生する宝も目当てで来ていたんだな、と。

課外授業といっても学院の敷地内なので、それほど歩かず土塊のダンジョンの入り口に到着した。

だけど、そこで待っていたのは。

「お待ちしていましたよ、王賓クラスの皆さん」

「キグニス教官？　ここで何を」

マイザー教官殿がニコニコ笑っているキグニスを見て、不審げに眉をひそめた。

「いやあ、実は土塊のダンジョンが先日の大雨の影響で入り口が塞がってしまいましてねえ」

「……私は聞いていませんが？」

「ええ、ですからここで私が伝えてる次第でして」

確かにダンジョンの入り口は土砂で埋まっている。

それを見たミィルが「ふぅん？」と首をかしげた。

「……そうですか。でしたら、今日のダンジョン実習は中止で――」

「いえいえ、今回特別に神滅のダンジョンの使用許可を取りましてね。ほら、この通り」

マイザー教官殿が渡された書類に目を通す。

「三階層までの使用許可。確かに学院長の押印《おういん》ですね」

「ええ、そういうことです。何も問題はないですよねぇ？」

「そうですね」

キグニスのわざとらしい挑発をマイザー教官殿はさらっと受け流した。

「では、皆さん。神滅のダンジョンまで移動しましょうか」

マイザー教官殿の態度が癇《かん》に障《さわ》ったのかキグニスが小さく舌打ちする。

だけどこれっぽっちも意に介さずにマイザー教官殿が先導し始めたので、生徒たちは大人しくついていった。


アイレンたちが移動した後、土塊のダンジョンにビビムが現れた。キグニス教官が揉み手をしながら近づく。

「ビビム様。これで本当に私を学院長にしてくださるのですよね？」

「ああ、もちろん。父上は僕の頼みなら聞いてくれる。お前を学院長にするぐらい簡単なことだ」

「しかし、わかりません。彼らを神滅のダンジョンに送り込むことにどのような何の意味が？」

「フッ、簡単なことだ。あの田舎者が未だに学院にいるのは、その無力さがバレていないからだ。特別警戒ダンジョンで王賓クラスの皆さんが力を見せつければ化けの皮が剝がれるという寸法さ」

得意げに髪をかき上げるビビムを見て、キグニス教官が首をかしげる。

「神滅のダンジョンは三階層までは魔物も出ずに安全なんですが……」

「えっ、そうだったのか？」

「まあ、四階層以降は危険なんですがね。学院長が許可したのも三階層までですし、マイザーの小娘も生徒たちを危険な階層には連れて行かないでしょう」

「ちぇっ。せっかくこのダンジョンの入り口を塞いだのにな……」

土塊のダンジョンの入り口はビビムが大した考えもなしに土魔法で塞いでいた。

そして、キグニス教官を言いくるめて学院長に許可を取ってこさせて王賓クラスの生徒たちを神滅のダンジョンに誘導したのである。

「ええとそれで、お父上への推挙《すいきょ》の件は……」

「次の機会を待て。なあに、あの田舎者を追い出す機会はいくらでもある。それまでは僕にせいぜい尽くすことだ」

「流石はビビム様、深謀遠慮《しんぼうえんりょ》ですな。このキグニス感服いたしました」

「うむ、今後も頼んだぞ。キグニス次期学院長」

ふたりは互いに笑い合った。

既《すで》に作戦の失敗から目を逸らし、それぞれ邪《よこしま》なる望みを抱きつつ次なる一手に思いを馳せている。

かたや、アイレンを追い出しラウナとミィルを傍らに侍《はべ》らすという望み。

かたや、学院長の地位をモノにして自分を蔑《さげす》むマイザーを辱《はずか》しめるという望み。

不相応な願望は得てして人を破滅に追いやるが、彼らは自己評価が異様に高いので気づかない。

そして、この件はうっかりでは済まされない一大事に発展する。

己の浅慮が自分だけではなく父親をも破滅させることに、まだこのときのビビムは気づいていなかった。


神滅のダンジョンの入り口に辿り着くと、マイザー教官殿が生徒全員に呼びかけた。

「予定外ではありますが、これより神滅のダンジョンに入ります。神滅のダンジョンは三階層までは既に安全が確認されていますが、四階層以降は何があるかわかりません。帰ってきた人はみんな正気を失ったため何があるかわからないのです。ですから今日はあくまでオリエンテーションということで一階層のみを探索します。雰囲気だけ摑んでください。それと念のために皆さんには階層計を配っておきます」

全員に腕輪のようなものが配られた。生徒全員が嵌《は》めたのを確認してからマイザー教官殿が使い方を教えてくれる。

「このアイテムはダンジョンに入ると中心の石に数字が浮かび上がります。ダンジョンの深さに応じて数字が変化します。くれぐれもこの数字が1になっている場所以外には行かないようにお願いします」

最初のうちは全員で行動して、慣れてきたら班行動に移るという説明のあとに俺たちはダンジョンへと侵入した。

ダンジョンの印象としては故郷の慰霊殿によく似ている。通路も部屋も何でできているかよくわからない硬質な壁に囲われていて、学院の対魔壁など比較にならない。竜王族のみんなの話によると大昔は今よりもずっといろいろな技術が進んでいて、こういうのも珍しくなかったらしいけど。

「ここはだいぶ古いダンジョンのようですね。魔力が見たことのない錆色《さびいろ》をしてます」

ラウナも似たようなことを考えていたらしい。不思議そうにあたりを見まわしていた。

「昔の人たちはこんなにすごいものを作ることができたのに、どうして今は失われてしまったのでしょう……」

あれ？　ひょっとして人類には伝えられてないのかな。

「それはきっと天魔大戦《てんまたいせん》のせいだよ」

「天魔大戦？」

「大昔、天から来たりし神々と、魔神たちが戦ったっていう俺の故郷に伝わってる話なんだ。俺もそこまで詳しく知らないけど、当時の文明は完全に滅んだんだってさ」

「それは聞いたことがないですね。アイレンさんの故郷にはそんな伝説が残っているんですか。わたくしが家庭教師から習った授業では世界を覆う災厄から神々が人々を救った、と聞いていたのですが」

ああ、なるほど。天の神々は全て砕け散ったから魔神たちとは痛み分けだったたってみんなから聞いたけど、人類は神々が勝利したって認識してるのか。だから今でも神々が人類に信仰されているんだな。いろいろ納得。

「それにしても天魔大戦ですか。いつか許されるならアイレンさんの故郷にも行って勉強したいです。きっとわたくしの中の常識が全部吹き飛んでしまうような、すごいところなんでしょうね……」

ラウナがどこか遠い目で宙を眺めた。王族ともなると、そうそう好きな場所には行けないいんだろうなぁ。

「もしラウナの抱える事情が解決して、そのときも同じ気持ちだったら俺が案内するよ」

「本当ですか？」

「うん。いつか家族のみんなにも紹介したいし」

「えっ、家族に紹介ですか⁉」

「何か変？　俺の故郷に行ったら自然と会うことになると思うけど」

「あっ、それはそうですね……」

「ミィルもいいと思うよな？」

いつになく静かなミィルに話題を振る。

ミィルは、今までに見たことがないくらいの真剣な表情で地面の一点をジッと見つめていた。

「誰かがあたしを呼んでる」

「ミィル？　どうしたんだ？」

「ここには何かいる」

ミィルがそう呟いた瞬間。

俺たちの体は、まばゆい光に包まれた。

光はすぐに納まった。

今のは、まさか。

いや、間違いない……。

「なんだ、何が起きた⁉」

「今、ものすごい光が……」

生徒たちが慌てふためいている。ラウナも体をぶるぶると震わせながら顔を青ざめさせていた。

「一瞬だけでしたが……とんでもない魔力がわたくしたちを包み込みました。今のはいったい？」

不安そうに呟くラウナに、俺は先ほどの光の正体を打ち明ける。

「……転移魔法だ」

「えっ？」

「姉貴が使ってるのを見たことがある。間違いない、今のは転移魔法だよ」

「遺失魔法じゃないですか！　アイレンさんの御姉様ってどれほどの……いえ今はそれどころじゃありませんね。つまり、わたくしたちは──」

「おい、見ろ、階層計が！」

生徒のひとりが叫んだ。俺たちも自分の階層計を見る。

そこには──

「7って出てるぞ！」

「じゃあ、ここは七階層なの⁉」

確かに階層計の数字は7を指し示していた。俺たちは七階層に転移させられたのだ。

「皆さん、落ち着いてください！　点呼を取ります！」

パニックに陥《おちい》りそうになるクラスメイトたちに声かけをするマイザー教官殿。さすがは王賓クラス、すぐに秩序を取り戻して点呼が終わった。

全員いた。四階層より下に進んで正気で帰った者はいないというダンジョンの七階層に、クラスメイト全員が。

「転移石を使います。全員、集まってください！」

ダンジョン実習の前の座学で習ったアイテム名を聞いて生徒たちの間に安堵感がひろがった。

それにしても転移魔法は遺失魔法なのに、ダンジョン脱出用の転移石はあるんだな。不思議だなぁ……などと考えていられたのも束《つか》の間《ま》。

「どうしたんだ教官！　早く使ってくれ！」

「まだなの……⁉」

「……転移石が発動しないなんて。まさかそんな……」

マイザー教官殿の呆然とした呟きを聞いて、生徒たちが一斉に泣き喚《わめ》き始めた。

「じゃあ、俺たちここから出られないのか⁉」

「そんな……一階層は安全じゃなかったのかよ！」

「そんなのいやあっ‼　父上っ！　母上ーっ！」

「み、見ろ！　魔物が来たぞ‼」

生徒のひとりが指し示したほうを見ると……一つ目の巨人の群れが今にも雪崩れ

込んで来ようとしていた。互いに道を譲らず入り口でつっかえている魔物たちの姿を見た俺は思わず叫んでしまう。

「サイクロプス⁉」

師匠とダンジョン修行をしているときに戦ったことがあるから知っている。あのときは四十六階層のボスモンスターだった。そんな奴が群れで普通に階層をうろついている……神滅のダンジョンの恐ろしさが嫌でもわかろうというものだ。

そして逃げ場はない。ここは袋小路だ。俺たちが転移した部屋の出口は、巨人の群れが塞いでしまった。もはや奴らを倒す以外に道はない。

「ミィル、あいつらは強敵だぞ！　ふたりで行こう！」

俺は呼吸《ブレス》を整えて竜闘気を解放しようとする。

しかし、ミィルは首を横に振った。

「入り口はあたしが結界で塞いでる。あいつらはしばらく入ってこれない」

「えっ……？」

よく見ると、サイクロプスたちは入り口で透明な水の壁に行く手を阻まれていた。入り口でつっかえているように見えたのも、そのせいだったようだ。

「やったな、ミィル！　だったら結界を解除した瞬間に特大の魔法をお見舞いしてやれば――」

「アイレン、ごめん」

ミィルが首を横に振ってから、申し訳なさそうに言った。

「あたし、戦わない」

「えっ、なんで⁉」

ミィルは俺の訴えにこう返してきた。

「アイレンは学院《ここ》に何しに来たの？」

忘れかけていた現実をいきなり突きつけられて言葉を失いそうになった……けど！

「今はそんなことを言ってる場合じゃない！　このままじゃ、みんな殺される！」

「あたしだって、みんなにここで死んでほしいって思ってるわけじゃないよ。入り口に結界を張ったから、ひとまずは安全。だけどみんなには、そんなのわからないでしょ。だからさ……今みたいな状況が人類裁定の判断材料を増やすのにうってつけなんじゃないかな。ほら、見て」

ミィルはみんなのことを指差した。

マイザー教官殿が必死に呼びかけてるけど、入り口に殺到するサイクロプスを前に生徒たちはもはや聞いちゃいない。教官殿に責任転嫁をしたり、泣き喚《わめ》いたりして、立ち向かおうとしてない。ラウナですら神眼から血の涙を流して立ち尽くしていた。

「人類裁定はアイレンに任されてる。だから口出しはしないし、アイレンが戦うっていうなら止めはしない。でもよく考えてほしい。彼らはアイレンから見て合格なの？」

「それは……」

「いいよ、別に。アイレンが守りたいっていうならそれでもいいと思う。でも……アイレンが戦ってサイクロプスを倒して……それでどうなると思う？」

「どうなるって……」

想像する。俺がサイクロプスの群れを倒したら、どうなるのか。

きっとみんなの目には俺が得体の知れないバケモノに映るだろう。

……それ自体はかまわない。俺が忌避《きひ》されようがどうなろうが、みんなを助けられるならそれでもいい。

だけど、俺の使命は。

「アイレンは今まで何を見て、何に気づいて、何をしてきたのか。もう一度思い出してみて。クラスのみんながこのまま怯《おび》えたまま終わってしまうのか、あるいは人類裁定の材料となる何かを見せてくれるのか。ほんのちょっとだけみんなに猶予をあげて」

ミィルが泣きそうな顔でまっすぐに見つめてきた。

「ああ、そうか……」

俺がやらなきゃいけないのは、力を見せつけることじゃない。それならミィルのような竜王族が裁定者でもよかった。

俺が今、見届けなくてはいけないことは。

「皆の者！」

全ての慟哭《どうこく》を打ち消すような声が朗々と響いたのは、まさにそのとき。

それまで自分勝手に喚《わめ》き散らしていた生徒たちの混乱が一気に鎮まった。

みんなに呼びかけているのはリードだ。

「何も慌てることはない。私たちは学院きっての麗しの才子才媛《ロイヤルタレント》たちだ。力を合わせれば必ずや地上に帰れる！　今こそ勇気を振り絞れ！」

皆が皆、リードに注目する。

「……リード様の言う通りです、皆さん」

神眼から血涙を流したままのラウナが顔を上げた。

「それにわたくしの神眼でしたら地上から漏れてくる魔力を辿れます！　絶望してはいけません！」

ラウナの励ましを受けた生徒たちの瞳に光が戻った。

やがて、ひとりひとり声をあげ始める。

「そ、そうだ。俺たちはずっと学んできたんだ！」

「そうよ、やれるわ！　みんな優秀だもの！」

「王賓クラスは学院の誇りだ！」

リードとラウナが、そして生徒たちが勇気を取り戻した。

みんな立ち向かおうとしている。

「私が先陣を切る。皆は援護を頼む！」

リードが宣言通りにサイクロプスのほうへと駆け出していく。

このタイミングでミィルが結界を解いて、サイクロプスの群れが雪崩れ込んできた。

遂に戦闘が始まる。

「我が修練、我が執念をいざ見せん。右の腕《かいな》に赤を、左の腕《かいな》に青を！」

あの詠唱……炎属性と水属性の二属性混合《ダブル》？

「ブラストショット！」

バスターキャノンのように両手を合わせた瞬間、炎と水の魔力が打ち消し合う。

その際に生まれる爆発に指向性《ベクトル》を与えてサイクロプスを攻撃する魔法のようだ。

一方向に限定された衝撃波がサイクロプスたちを飲み込む。その威力でサイクロプスたちを足止めすることには成功したようだが倒すには至らない。

「クッ……！」

リードが手を抑えながら苦しげに呻《うめ》いた。

精霊の加護のないリードは反動《バックファイア》をモロに食らうことになる。

あれが腕を失わないギリギリの威力ということか。連発も厳しそうだ……。

「皆さん、リード様の援護を！」

「「「「アースバインド！」」」」

「「「「フリージングウィンド！」」」」

ラウナの号令で生徒たちが一斉に足止めの魔法を発動した。砲撃の如き轟音とともにサイクロプスに殺到し、その進撃を食い止める。

授業で習った通りの見事な連携だった。

「まだだ！　まだ私は……お前はやれるはずだぞリード！　王家の意地を見せろ！」

クラスメイトの奮戦を目の当たりにしたリードは、自らを鼓舞《こぶ》しながら再びブラストショットの詠唱に入る。

……ああ、そういうことか。

これが、人類の戦い方。

これが、立ち向かうことを決意した人類の姿。

「ミィル……この光景を俺に見せたかったのか」

「さっきも言ったけど、あたしは戦わない。みんなのことを守るだけ」

ミィルの結界はいつの間にかみんなを守るように張り直されていた。

不可視の結界……これが見えるのはラウナぐらいのものだろう。

「それで、どう？　今のみんなはアイレンから見て合格？」

ミィルが小首をかしげて訊《たず》ねてくる。

「……ああ、もちろんだ！」

俺が応えると、今度はミィルが悪戯《いたずら》っぽく笑う。

いつものミィルの笑顔だった。

「いってらっしゃいアイレン。みんなを助けてあげて！」

「クッ、やはり威力を抑えたブラストショットでは……！」

二発目の魔法を放ったリードが両手の痺れに歯噛みした。

クラスメイトの援護のおかげでサイクロプスは思うように動けないでいる。おかげで群れ全体にかなりのダメージを与えることができているが、未だに倒れたサイクロプスは一匹もいない。

ブラストショットはリードが夏期休暇中に編み出した魔法だ。炎と水の二属性混合《ダブル》。互いに打ち消し合うときに発生する力を極限まで高めてぶつけ合い、発生した爆発を巧みな魔力操作で一方向に放つ。

「やはり全開でいくしかないか……！」

アイレンが評するような自爆魔法とならなかったのはリードの天才的センスに依《よ》るものだ。それでも意図的に威力を落とさないと使い物にならない。そして威力を全開にすれば腕が吹き飛ぶだけでは済まないだろうとリードは正しく分析していた。

自分はここで死ぬのかもしれない。

そんな思いが脳裏をよぎったときにふと、後ろにいる生徒たちを思う。

自分の発破で恐れを振り払い戦うことを決意してくれたクラスメイトたち。

昔から妹のようにかわいがってきたラウナリース。

許嫁のいる身でありながら決して許されぬ恋心を抱いてしまった相手であるミィル。

そしてもうひとり――

「リード！」

その少年に名前を呼ばれたリードの中にさまざまな感情が渦巻いた。

こいつには負けたくない。

建前とはいえ様はどうした。

いいや、だけど、この男なら――

「アイレン、私の魔法では奴らを倒すことができん！　お前のバスターキャノンを撃つんだ！」

リードの口から飛び出たのは「お前は引っ込んでいろ」でも「平民風情《ふぜい》の出る幕ではない」でもなく、そんな言葉だった。

内心で一番驚いたのはリード自身である。

（ああ、こんな私を笑うがいい）

追い詰められて、夏期休暇中に必死に修行して、初めてわかった。自分は小さな世界でいい気になっていた哀れな道化に過ぎなかったと。

いっそここで自爆して果てたい想いにも駆られたが、仮にも王家の男が真っ先に死ぬなど許されない。窮地を脱するのにアイレンの常識外れな力が必要だと、リードも頭のどこかではとっくにわかっていたのだ。

しかし、アイレンは首を横に振る。

「いいや、もう一度ブラストショットを撃ってくれ！　ただし、今度は後先考えず全力で!!」

「なんだとっ⁉　貴様、私に死ねと言うのか⁉」

それだけは駄目だと切って捨てた自爆案を採用しろとアイレンは言うのだ。リードが怒りに駆られるのも無理はない。

けれど、アイレンはそんな邪《よこしま》な企みなど一切なさそうな笑みを浮かべている。

「絶対に大丈夫だ！　自爆にはならない。俺を信じてくれ、リード！」

そのひたむきな眼差しを受けたリードがハッとする。

ブラストショットがどういう魔法なのか、アイレンはとっくに理解している。当然だ。この魔法はそもそも、アイレンが使ったバスターキャノンを参考にしているのだから。

「……ハハッ、いいだろう！　貴様の甘言《かんげん》に乗ってやる！」

アイレンが全開で撃てというからには何か考えがあるに違いない。あれほど反目した相手だというのに、いざこうなってみると不思議と信じられる。

自分の心の動きをはっきり自覚したとき、リードはサイクロプスたちを前に凄絶な笑みを浮かべていた。

「我が修練、我が執念……そして我が半生をいざ見せん！　右の腕《かいな》に紅蓮《ぐれん》を、左の腕《かいな》に紺碧《こんぺき》を！」

これまでとは比較にならない魔力を両手に込めていく。詠唱も威力を抑えたものではなく、リード自身の存在意義すらも込めた全力全開版。ひとたび放てば死ぬと脳が訴えてくるのに恐怖心は微塵も湧いてこなかった。

「怯懦《きょうだ》慢心《まんしん》、我が内になし。この生命《いのち》、人々の礎《いしずえ》とせん！」

そして、人類史上最大の魔法が遂に一つ目の巨人たちに向けて放たれた。

「ブラストフレア！」

凄まじい爆音とともに強烈な衝撃波がサイクロプスを飲み込んだ。

それまでどれだけ魔法を雨あられと喰らおうと悲鳴すらあげずに前進しようとし

てきた巨人たち。

それが今や、跡形もない。

視界が晴れた後には文字通り何もなかった。物理破壊が不可能なダンジョンの壁や床はさすがに健在なれど、肉どころか骨すらも。

「ハァ、ハァ……これが……私の放った魔法だと？」

美しさも芸術性の欠片《かけら》もないセレブラント王家にあるまじき破壊魔法。それなのにリードの胸の内から湧き上がってきたのは過去に味わったことのない満足感と達成感だった。

間違いなくリードは成し遂げたのだ。人類術式による未曾有《みぞう》の火と水による反属性混合《アンチダブル》を。

生徒たちも一様に勝利を喜んでいる。リードを讃《たた》える声がするものの、彼の耳には入ってこない。

「この威力……私の想定していた以上だ。どうして私は無事なのだ……？」

この魔法、撃てばただ死ぬだけではない。間違いなく自分自身も消し飛ぶはずだ。考えられる理由はひとつしかない。

「すっげえ！　すごいぜリード！」

「アイレン……」

当のアイレンは自分のことのように喜んでいた。

「お前、私にいったい何をした？」

「リードを精霊に守ってもらったんだ。それについてはまた今度。そんなことより、ほら」

アイレンが指し示したほうをリードも振り向く。

「リード様！　すごいです！」

「ラウナリース……」

いつも表情に憂いを帯びていたラウナリースが満面の笑みを浮かべていた。こんな屈託のない微笑みを見るのは、いつぶりだろうか。

「みんなアイレンみたいになれるわけじゃないって思ってたけど。結構やるんだね、リードも」

「ミィルさん⁉　私の名前を……」

「うん、呼んだよ。ヘンかな？」

「いや……ありがとう、ミィルさん」

認められたかった人に認められるのが、こんなにも嬉しいものとは。

全てができて当たり前だったリードにとって、これは初めての経験だった。

クラスメイトたちもリードの元に集まってくる。その瞳に映るのは王家へのへりくだりのない心からの尊敬の念ばかりだった。

「皆の者、ありがとう。私もどうやらひとつ壁を超えることができたようだ」

その成果に驕《おご》ることなく謙虚な口調のリード。

「それにしてもリード様があんな魔法を使えただなんて！　もはや神滅のダンジョンなんて攻略したも同然ですわ！」

令嬢のひとりの称賛にも、リードは首を横に振る。

「いいや、今の魔法は不完全だった。本来であれば威力に耐えられずに私の身は消し飛んでいた。守ってくれたのはアイレンだ。彼は私の命の恩人ということになる」

リードの言うことではあったが、生徒たちには、にわかに信じがたい話だった。

アイレンに胡乱《うろん》な視線が向けられる。

しかし、リードを後押しするようにラウナリースも前に出た。

「本当です。わたくしの神眼には視《み》えていました。アイレンさんから何らかの力がリード様に作用するのを」

神眼を持ち、隣国の第二王女であるラウナリースの証言を覆《くつがえ》せるような貴族はいなかった。

さらにリードが皆に訴える。

「たとえ身分は平民であろうとも、貢献度においては建国貴族に匹敵すると断言しよう。アイレンの力は凄まじい。我らのあずかり知らぬ力ではあるかもしれないが、今はこれ以上ないほど頼もしい味方だ」

これまで疎《うと》ましくも認めざるを得ない力を見せつけてきたアイレン。

もはや、リードの中にはいささかのわだかまりもなかった。

「そして、今の戦いでアイレンを含む全員が力を示した！　必ず全員で生きて地上に帰ろう！」

リードの締めくくりで生徒たちが歓声をあげる。

王賓クラスが一つになった瞬間だった。

「お前の力を借りていいか、アイレン」

アイレンに手を差し出すリード。

最初に出会ったときとは違って、手の甲は上を向いていない。普通の握手だ。

「もちろん。俺なんかでよろしければ、リード様」

「今さら『様』はいらん。リードと呼べ！」

ふたりが握手を交わした瞬間、生徒たちが一斉に拍手を送る。

この日、アイレンはようやく本当の意味でクラスメイトたちに受け入れられたのだった。


王賓クラスが授業時間が終わっても神滅のダンジョンから戻ってこない。この事態を重くみた学院長はすぐさま教官たちを派遣し安全な三階層まで捜索させた。

調査の結果、一階層の空間に転移痕が発見された。つまり未発見のトラップが起動して全員が深層へ墜《お》ちたのではないかというのである。

学院長はすぐに王へ状況を伝えた。ただちに冒険者ギルドに王から勅命が下り、全てのSランク冒険者に動員がかかって大規模な捜索隊が送り込まれるという。

これらの噂は瞬く間に学院中に広まり、キグニスからビビムにも伝わった。

「僕たちのことはバレていないよな？」

「も、もちろん大丈夫です。今回の神滅ダンジョン探索は学院長が許可を出したのですから、我々に責任はありません！」

「そうだよな」

もちろん、そうはならない。土塊のダンジョンが使用不可能になった理由が先日の雨ではないとバレたら、彼らは一巻の終わりだ。

そもそも、ここまで大ごとになると思ってなかったビビムは土塊のダンジョンの封鎖をアースコントロールで行なっている。入り口を塞いだ土砂に雨の水分はほとんど含まれていないし、学院が本気で調査すればビビムによる意図的な封鎖行為が露見するのは時間の問題であった。

「それに、これなら当初の計画通りじゃないか。王賓クラスの皆さんなら何も心配ないだろ」

「ほ、本当にそうでしょうか？　あのダンジョンはまともに生きて帰れた者がいないことで有名なのですよ」

キグニスはビビムほど事態を楽観視していない。

彼がビビムの命令に従ったのは神滅のダンジョンがこれまでは安全だったからだ。本当に王賓クラスを危険な場所に送り込むつもりではなかったし、仮に学院長に問い詰められてもキグニスはそのように釈明するつもりだった。

「大丈夫さ。リード様だっているんだ。あの御方は学院始まって以来の天才だからな。あんなダンジョン楽勝さ」

ビビムの楽観主義は親譲りだ。これっぽっちも今の状況を深刻に捉えていない。今回のことがバレたとしても注意を受けるのが嫌だな……ぐらいにしか思っていなかった。もし、このスキャンダルが明るみに出れば父親が破滅するとは想像もしていない。彼の中では父親は国王より偉大な存在なのだ。国王より偉い父親を罰することができる者がいない以上、その父の息子である自分を罰することができる者もいるはずないのだ。

「それに本物のダンジョンでの戦闘ともなれば不正行為ばかりで孤立している田舎者のメッキも剥がれるさ」

「しかし、下手をすれば死ぬのでは？」

「たかが田舎者ひとりが死んだところで騒ぐ話か？　似合いの末路じゃないか。アイツを始末してくれる魔物に感謝したいぐらいだ。それにだ、もしそうなったら学院長だって責任を取らなきゃならなくなる。そうなれば次の学院長はキグニス、お前じゃないか」

学院の生徒がダンジョンで死亡する。今までにもなかったわけじゃないし、まして平民なら大した問題にはならない。

それがビビムの考える当たり前だった。

「はあ、ありがとうございます。それはそれとして、ひょっとしたら別の生徒が死ぬ可能性もあるのでは……」

「大丈夫。そうはならないんだ。何しろ王賓クラスには竜王族の使者だっているんだからな」

「……は？」

「あ、これ僕が言ったって言うなよ？　父上が教えてくれた誰にも言っちゃいけない秘密なんだからな」

とんでもないことを気安く打ち明けたビビムがケラケラと笑っている。

「竜王族の使者が、この学院に……？」

このときキグニスは知ってはならないことを知ってしまった予感がした。竜王族についてはピンと来ないが、それでも彼らが使役するドラゴンが恐るべき魔物であることぐらいは知っていた。

「ああ、そうさ。なんでも人類を生かすか滅ぼすかを見極める、みたいなことを言っているらしい。まったく、ちゃんちゃらおかしい話だよな。たかだかトカゲ人風情が」

「そ、そうでございましたか」

得意げに語るビビムに相槌を打ちながらキグニスは悟った。

今回のことは万に一つも明るみに出てはならないと。

ビビムを守るためではなく、自らの保身のためだ。竜王族の使者が王賓クラスにいる――その情報を持っていながら今回の作戦を立てたビビムに、キグニスは底知れない危うさを感じ取っていた。

もはや、次の学院長どころの話ではない。捜査の手がビビムに辿り着いた瞬間、自分もいっしょに破滅するだろう。暢気に笑っているビビムを焦る気持ちで眺めながら、キグニスは全力で隠蔽工作をしようと決意した。

このとき全てを学院長に正直に打ち明けていれば違う未来があったかもしれないが。

残念ながら、キグニスはそういう人間ではなかったのだ。


今後の方針を話し合った結果、クラスメイトのほとんどは部屋に籠城《ろうじょう》することになった。袋小路の部屋なので逃げ場がないけど、入り口はたったひとつ。だから基本的には入り口を幻影魔法で隠蔽してやりすごす。これが基本になる。

それでも気づいて侵入してくる魔物は罠魔法と生徒の集中砲火で足止めしてリー

ドのブラストフレアで一掃する。俺の加護をかけておけばリードもあと何発かは撃てるはずだ。

問題は時間。

魔法を十全に操るには健常な肉体が、魔力を回復するには食事や睡眠が不可欠になる。ミィルがいるから飲み水はなんとかなるとしても食料はそうもいかない。生徒の精神状態のことを考えると保って三日かそこらだろう。だけど、捜索隊が組まれるとしても七階層まで到達できる可能性は限りなく低いというのがマイザー教官の弁だ。

「神滅のダンジョンといえど他のダンジョンとルールは同じはずです。だからダンジョンコアを破壊すれば魔物はいなくなるはず。とはいえ他のダンジョンのボスモンスターが当たり前のように徘徊している中を突っ切るのは自殺行為でしょうね……」

ラウナが深刻そうに話をまとめる。

「アイレン、何か考えはないか？」

みんなが頭を悩ませたタイミングでリードが俺に話を振ってきた。

「隠密の魔法を使って深層に潜って……俺がダンジョンコアを破壊してくるしかな

いと思う」

通常であればダンジョンでの単独行動は厳禁だ。だけど、隠密に特化した斥候《せっこう》役の中にはダンジョンの構造を偵察して作成した地図を売るなどして生計を立てている冒険者もいるという。ダンジョンコアを単独で破壊してきたという者も皆無ではない。

「やはり、それしかないか。アイレン……やってくれるか？」

リードが辛そうに訊いてくる。

クラスメイト全員が申し訳なさそうな顔をしていた。

何しろ特別警戒ダンジョンを単独突破した者はいないのだ。そういう意味でリードの言葉は「死んでくれ」と言っているも同然だったけど、それを嫌とは思わなかった。うまくいかなければどっちみち全員が死ぬ。突破の可能性が一番高い方法を選択するのは当然だろう。

「もちろん。言い出しっぺは俺だし」

勝算がないでもない。

むしろ、この日のために修行を頑張ってきたと思えば成果を試せる場面だ。みんなの命がかかってるんだし、ここで俺が怖じ気づくわけにはいかない。

「今までお前のことを疑って悪かった……」

「もし地上に戻れたら、仲良くしてくださいましね」

「みんなに合わせてたけど、俺はもともとそんなに嫌いじゃなかったぜ！」

「お前、ここでそれはずるいぞ！」

生徒たちが俺に声を掛けてくれたり、互いに笑い合ったりふざけあったりしている。緊迫した空気の中でわずかだけど和《なご》やかな雰囲気が流れた。

「本来であれば私が向かうべきなのでしょうが……申し訳ありません、アイレン君。あなたに託します」

「いえ。マイザー教官殿はここでみんなを励ましてください」

教官殿は裁定を知ってる側の人類だ。使者である俺にいろいろな想いがあるのだろう、とても複雑そうな顔をしていた。

「気をつけてね、アイレン。この下の階層には何かがいる」

「……わかった」

ミィルはどうやら転移直前に何かの意志を感じ取ったらしく、そんなことを耳打ちしてきた。竜王族すら警戒する何かが深層にはいるってことなんだろう。ますます気を引き締めてかからなくっちゃ。

「アイレンさん、わたくしは……」

「ラウナ？」

俺の前にやってきて赤い顔でもじもじし始めるラウナ。

いったいどうしたんだろう？

「……いえ。どうかお気をつけて。無事をお祈りしています」

やがて首を横に振ったかと思うと、笑顔を浮かべて応援してくれた。

「わかった。行ってくる！」

だから俺も笑顔で返して出発した。

いざ目指すは神滅ダンジョンの深層。

クラスメイトの命がかかっているんだ。絶対にやり遂げてみせる！


俺は魔法で気配を消してから、みんなのいた部屋を出て移動を開始した。索敵魔法を用いて敵に遭遇しないように注意しながら進んでいく。

「……そろそろいいか」

みんなから十分に離れたことを確認してから呼吸を整えた。

ダンジョン全体から感じ取ったオーラから、確信した。この程度の隠密魔法では突破できない。まず対魔領域に踏み込めば魔法が使えなくなる。それ以前に魔法を感知する魔物に遭遇したら発見されてしまうだろう。

つまり、先に進むには俺も本気を出さないとダメってことだ。

――弟子よ。

ディーロン師匠の言葉を思い出す。

――我らの魔法も竜技も、その本質は自然との一体化にある。

呼吸《すって》

――竜王族とは本来、世界の意思と一体となりて星とともに歩むもの。

練気《きをねり》

――汝《なんじ》は人なれど、人類にあらず。龍《ロン》なりき。

吐息《はきだす》

これら一連の動作は、全て世界と合一するための流れ。本来の竜技も戦闘用ではない。天魔大戦の折に必要に応じて黄龍師範《おうりゅうしはん》が開祖となって編み出した『対人』『対魔』『対天』の三対《さんたい》が、現在の竜技だと教わった。

だけど、師匠に免許皆伝の龍と認められた俺は三対に加えて秘中の秘である『一合』を習得している。

三対一合《さんたいいちごう》。これにて真の全竜技。

そして『一合』だけは人類の前で見せてはならないと師匠に厳命されていた。

「すぅー……」

合界竜技開帳《ごうかいりゅうぎかいちょう》。

「はぁー……」

すなわち之《これ》、星界合一《せいかいごういつ》。

まずは手足が消えていく感覚。自分を支える大地が自分そのものになっていくような不可思議。五感を失い、第六感としか言いようのない何かで世界を認識する。

そんな状態で歩く。深層を目指して、ただ進む。今の俺はここにいるけれど、誰もそれを感知できない。

サイクロプスの群れの間を通り抜ける。

ヘカトンケイルが護る門をすり抜ける。

ゴッドゴーレムの索敵をくぐり抜ける。

神滅のダンジョンを徘徊する魔物がどんなに出鱈目《でたらめ》でも関係なく。

如何《いか》なる強敵であろうと、無形の概念を相手取ることはできない。

これこそ星界合一。ミィルすら習得していない竜王族の秘奥技。

そして今なら俺も感じ取れる。

この先には確かに何かがいる。


八階層へと降りた。

これまでの迷宮構造から打って変わって、ただ広大な空間。

そして目の前にいる魔物は神滅のダンジョンの、おそらくは最終関門。

宙に浮いた巨大な胴体の真ん中に一つ目。そこかしこから無数の人間のような腕が生えて蠢《うごめ》いている。さらに全体が太陽のように煌々と輝いていて、空間を灼熱の地獄と化していた。

その特徴的な外観は竜王族の伝承にも残っている。

天神《てんじん》ですら、くびり殺し焼き滅ぼすという……太陽魔神アポドシアスに間違いない。

ああ、だからか。ここは神ですら滅ぶ。ゆえに神滅のダンジョン。

もちろん、アポドシアスは俺がひとりで戦ってまともに勝てる相手じゃない。だけど、俺が星界合一しているからなのかまったく反応する様子がなかった。巨大な瞳は今も虚空を見つめている。

そして本来であればボスを倒さない限り最終階層への門は開かないのだけど……

それも今の俺にとって障害とはならない。

こうして俺は一度として戦うことなくダンジョンコアのある九階層へと到達したのだった。


俺は遂に神滅のダンジョンの最深部に到達したようだ。全部で九階層。意外と浅かった。

「これがダンジョンコアなのか……？」

九階層の最奥に鎮座していたのは、巨大な心臓のような何かだった。部屋中に血管のような何かを伸ばして張り付いていて、ドクンドクンと波打っている。俺も修行時代にダンジョンコアを見たことはあったけど、ほとんどがクリスタルみたいなのだった。こんなのは見たことがない。

「とにかく、これを破壊すればいいはず」

俺が満を持して星界合一を解いて実体化し、構えを取ろうとすると。

『待て』

突然、頭の中に声が響いた。

「えっ、なんだ⁉」

『我《われ》が喚《よ》んだのは竜王族だったはず。なにゆえ天の尖兵《せんぺい》がここにいる？』

「天の尖兵？　っていうか、ひょっとしてダンジョンコアが話しかけてきてるのか？」

『問いに答えよ』

どうやら目の前の心臓が俺に語りかけてきているらしい。声には敵意を感じるけど、攻撃を仕掛けてくる気配はなかった。

「俺は人間だけど、竜王族に育てられたんだ。それに天の尖兵とかいうのでもない」

『何？　聖母め、どういうつもりだ……』

聖母ってたぶん、サンサルーナのことだよな。知り合いなのかな？

『だが、よかろう。確かにお前の内から龍を感じる。魔神アポドシアスと戦わずに到達できるのは竜王族だけかと思っていたが、お前はここにやってきた。認めよう』

「……ひょっとしてミィルを喚《よ》んでたのって、あんたなのか？」

『知らぬ。我は竜王族の気配を感じた。だからそこにいたものを可能な限りの場所

まで招待しただけのこと』

ああ、やっぱりそういうことなのか。こいつがミィルを召喚しようとした結果、そこにいたみんなが巻き込まれたんだ。言いたいことも聞きたいこともいっぱいあるけど、なんだか話が通じない気がする……大事なところだけに絞ろう。

「俺たちはこのダンジョンから脱出したいんだけど、どうすればいい？」

『我を破壊すればダンジョンから魔物も罠も消えるだろう。だが、その前にお前に……竜王族に伝えねばならぬことがある』

「俺たちに？」

『しかしそうか。お前は人間だったな。であれば、先にこれを見せておこう』

その瞬間、頭の中にイメージが浮かび上がってきた。天を覆い尽くす巨大な人型と、地上を埋め尽くす異形の魔神たちが争っている。その衝撃で山が割れ川も氾濫し、地上にあるものは街も人も全て破壊されていく。

「これは⁉」

『我の天魔大戦の記憶だ』

「あんたの記憶？」

『我もかつて名のある魔神だった。今では肉体を失い、こうして神滅の記憶を保管する役割を担っている。万に一つも天の尖兵どもに突破されることのないよう強力な魔物を配置してな』

「ここはそういう場所だったのか……」

魔神たちが神滅の記憶を封印しておくためのダンジョン。神々からしてみれば抹消したい真実ってわけか……。

『だが、天神《てんじん》どもが復活の予兆を見せている』

「えっ？　でも大昔に神々は滅んだんじゃ？」

『もちろんかつてほどの勢力はない。だが、意思は消えておらぬ。奴らは人間を利用してこの世界を自分たちに都合のいいように作り替えようとしている』

「人間を利用……それで俺のことを天の尖兵と？」

『そうだ。奴らは歴史を改竄《かいざん》し、自分たちを敬《うやま》わせることで人間を利用している。人間どもの信仰心を利用してな』

あっ、なるほど。竜王族と人類の間で神に対する認識が食い違ってたのは、そういうことだったんだな。

『奴らは魔神こそが世界を支配していた悪で、天神《てんじん》どもが人間を解放したということにしている。実際にはまったくの逆だ。天神《てんじん》どもはこの世界の外からやってきて、世界を侵略しようとした。我ら魔神は遥かな昔からただ世界とともに在ったのみで支配などしていない。いわば我らは世界の免疫細胞。別にお前たちに味方もしなかったが、敵でもなかった。そして、竜王族も人間も手を取り合い天神《てんじん》どもと戦ったのだ』

「はへー、そうだったのか」

確かに魔神が味方だったって話は聞いたことがなかったな。古の盟約も、天神《てんじん》に対抗するために竜王族と人間が手を組んだ名残だったんだ。

『確かに伝えたぞ。我は役目を果たした。さらばだ』

「えっ、あ、ちょっと！」

『気をつけろ、龍の仔よ。天神《てんじん》どもはまだこの星を諦めてはいない……』

次の瞬間、魔神の心臓――ダンジョンコアがひとりでに破裂した。

ダンジョンのオーラも消えていく。もう、ここは安全になったはずだ。

「これでクリアってことなのか……？」

なんだかよくわからないままに話が進んでしまったけど……天の神が何か動き出すっていうなら、詳しい話を知りたかったな。

「天魔大戦のことは母さんに聞いてみるしかないかな。とにかく戻ろう」

念のために魔神の心臓のかけらを拾っておく。サンサルーナに見せればなにかわかるかもしれないし。

こうして俺は、安全になった道を通ってクラスメイトのところに戻るのだった。


俺は七階層のみんなの待つ部屋まで何事もなく帰還した。

「アイレンさん！　よく無事で！」

入り口の側で祈るように待ってくれていたラウナが真っ先に出迎えてくれる。

次いでクラスメイトを叱咤激励《しったげきれい》していたリードが駆けつけてきた。生徒たちも後に続く。

「よくぞ戻った！　それで首尾は？　やはりクリアは難しそうか？」

リードが不安そうに問いかけてくる。クラスメイトの期待の視線を一身に浴びながら、俺は笑顔で頷いた。

「いや、ダンジョンコアは壊れたよ。ちゃんとクリアした」

「なっ⁉　それはつまり……！」

「もう魔物は出ないよ。安全に出られると思う」

沈黙は長いようでいて一瞬だった。

「よくやってくれた、アイレン！」

「貴方、最高ですわー！」

「やっぱりお前はすごい奴だった！　俺の見込んだ通りだ！」

「だからお前それはずるいっての！」

皆が皆、一斉に俺を称賛し始める。そして、互いに肩を叩き合って全員の無事を祝った。

もはや俺の身分を気にする生徒はひとりもいない。

号泣する侯爵令嬢。

両親の名を叫ぶ辺境伯の三男。

許嫁同士で愛の言葉を交わし合うカップル。

いずれも先ほどのように絶望に喘《あえ》ぐのではなく、生の実感に打ち震えていた。

そんな中、リードが俺にだけ聞こえるように語りかけてくる。

「この国を代表して改めて礼を言うぞ、アイレン。お前がいなければ、この国の未来を担《にな》う多くの若者が命を落とすところだった」

「リード……」

「その上で改めて宣言させてもらう。私はいつか必ず、お前と並び立てる男になってみせるとな」

そう言うと、リードはクラスメイトたちひとりひとりにも声をかけていく。

なんていうか……とってもいい顔をするようになったなぁ。

「アイレンさん……」

ラウナがもじもじとしながら話しかけてきたのは、俺がひとしきりみんなの相手を終えたかなってタイミングだった。

「ダンジョンを取り巻く錆色《さびいろ》の魔力が消えたので、もしかしたらと思っていました。だけど、もしダンジョンクリアじゃなかったら皆さんをぬか喜びさせるだけだと思って言い出せませんでした」

「そうだったんだ」

「ですがアイレンさんならできると信じてましたよ！　自分でもとってもはしたないとは思いますが、わたくし今、貴方に抱きついて感動を分かち合いたいぐらいに嬉しいです！」

「えっ、それはさすがに……」

みんなの目がある。普通に恥ずかしい。

「ですから、今はこれで」

ラウナは俺の両手を取って、しっかりと握手してきた。

「フルドレクス魔法国を代表してお礼を言います。本当にありがとうございました」

「どういたしまして」

潤んだ赤碧の瞳で見つめていたラウナが本当に嬉しそうに微笑んだ。

「それにしても……皆さん、ようやくアイレンさんを完全に仲間として受け入れられたんですね」

ラウナの感慨深げな呟きを聞いて、俺の脳裏に一つの記憶がよぎった。

「『お前が何者になるかは、何を為《な》したかで決まる』か……」

「アイレンさん？」

きょとんとするラウナに俺は笑って首を振る。

「ううん、なんでもない。師匠の言葉を思い出してただけだよ」

俺が初めて学院の試験に赴《おもむ》く前にディーロン師匠が送ってくれた言葉だ。あのときはピンと来ていなかったし、ひょっとしたら師匠もそんなつもりはなかったかもしれないけど。

「アイレン、よく頑張ったねー」

「ミィル」

ラウナが他の令嬢たちのグループに呼ばれた後、最後に俺に話しかけてきたのはミィルだった。先ほどまで部屋の端っこのほうで男子の相手をしていたのだ。クラスのみんなと俺が話せるように気を遣ってくれたに違いない。

「それでどうだった？」

「ああ、うん。ダンジョンの最深部にいたのは魔神の心臓だったよ」

詳しい話は後で帰ってから、と切り出そうとしたところでミィルが先に否定するように首を振った。

「ううん、そうじゃなくって。裁定のほう」

「ああ、そっちか」

「もちろん。それより大事なことはないでしょ？」

ミィルがおかしそうに笑った後、小首をかしげてくる。

「それで合格？　不合格？」

「そうだな……」

確かに上辺だけで判断してくる人類が多いのかもしれない。

だけど、交流を通して他者を受け入れることに人類も竜王族もなかった。

どっちも同じ。力も寿命も価値観も違うけれど、天魔大戦の折にはともに戦って盟約まで結んでいたのだ。絆《きずな》を取り戻せる可能性はきっとある。

それでも、俺は人類を見極める者としての責務を怠《おこた》るわけにはいかない。ときには厳しい判断も必要になるだろう。竜王族の視点に立った人間として、できることをしなくちゃならない。

それでも今は。

せめて今だけは。

「この人類《クラス》は文句なく合格だよ」

胸を張って、そう言いたい。

第五章　愚者たちの末路

The Strongest Raised by DRAGON

王賓クラスが神滅のダンジョンをクリアして無事帰還したという話は、すぐさまビビムの耳にも入ってきた。

「フッ……ほら、僕の言った通りじゃないか」

自分の予想通りの結果が出たことにビビムはとても満足した。

これであの田舎者も身の程を思い知っただろう。ひょっとしたら、もう死んでいるかもしれない。いや死んだに決まっている。ビビムにとってアイレンの死はもはや確定事項だったのだ。

だが、ビビムが自信満々に事の詳細を確かめてみると、どうも勝手が違った。

「死者はひとりも出なかったらしいですね」

「王賓クラスの平民がダンジョンコアを壊してきたって本当らしいな」

「今回の英雄はアイレンだって、帰ってきた皆さまが口を揃えて讃《たた》えているらしいですわ」

という話がクラスメイトから流れてきたのだ。

「……どういうことだ？」

理解に苦しむ内容だった。聞けば聞くほどビビムが思い描いていた未来とは異なっている。

「いや、きっと神滅のダンジョンとかいうのが本当は安全だったんだ。そうだろ？」

アイレンが不正をしている前提から離れられないビビムはクラスメイトたちに怪訝《けげん》な顔をされた。

「なに言ってんですか、ビビム様。神滅のダンジョンは特別警戒指定されてるんですよ。安全なわけないじゃないですか」

「四階層以降は本当に危険で、今回の王賓クラスの皆さまは七階層まで転移させられたって話らしいですし」

「聞いた聞いた！　本当に死の恐怖を感じたって。だけどリード様とラウナリース様が見込んだアイレンっていう平民が、たったひとりでダンジョンコアを破壊してきたんだって！」

「すごいよなあ……平民風情《ふぜい》がなんで王賓クラスにって思ってたけど、やっぱりちゃんと何かしらの理由があったんだな」

誰もが口々にアイレンを褒め讃える。

やれ、あいつは本当はできる奴だった。

やれ、リードをはじめとした王賓クラスの生徒たちにも認められている……などと。

　その光景はビビムが知っているはずの真実とは大きくかけ離れていた。

「ふざけるな！　お前らはわかってない！　あいつは不正を働いてる田舎者なんだぞ！」

　イラつきが頂点に達したビビムはクラスメイトたちを怒鳴りつけた。突然の激昂に驚いた生徒たちがビビムがなんで怒っているのかわからないという顔で宥《なだ》めにかかる。

「まだそんなことおっしゃってるんですか、ビビム様」

「あいつは本物だったんですよ」

「もういい加減認めましょうよ。俺たちは俺たちで頑張ればいいじゃないですか」

　ビビムは驚愕に目を見開いた。口答えしてきたのが自分の取り巻きだったからだ。

　というのも、取り巻きたちには現実が見えてきていた。自分たちの能力では普通のクラスの勉強でも事前に予習してついていくのが、やっと。必死に勉強するうちに特権意識は薄れ、実際の立ち位置を正しく理解し始めていた。何より今はクラス全員が祝賀ムードに沸いている。そんな空気に水を差したらビビムひとりが浮いてしまう。かつての取り巻きたちはそうならないよう気を遣ってくれたのだ。

しかし、ビビムには手のひら返しの裏切りにしか見えない。

「もういい！　お前らとはもうこれっきりだ！」

ビビムは生徒たちの制止も聞かずに教室を飛び出した。

「くそっ！　くそっ！　くそぉーっ！」

ビビムが走る、走る。

廊下を走らないようにという教官の注意も耳に入らない。だけど、生徒たちが交わすアイレンの噂についてだけは聞きつけて、そのたびに会話に割り込んだ。

「違う！　あいつは不正を働いたんだ！」

「てんで大したことのない、ただの田舎者なんだ！」

「お前らはみんな騙されているんだ!!」

叫ぶ。罵倒する。

そのたびに相手にされない。

そのたびに怒りが増していく。

いったい何がビビムをこうまで駆り立てるのか？

これまで彼を取り巻く世界は常にビビムの思い通りになった。そうならなかったことなど一度もなかった。もちろん実際は思い込みに過ぎないが、現実を都合よく再解釈して自分に信じ込ませる能力についてビビムは天才的だった。

だけど今回、それが通用しない。

『自分の思い通りに事が進んだのに結果がついてきていない』から、誤魔化しが効かないのだ。そしてアイレンがみんなに認められている現実は、ビビムに死に匹敵する苦痛を与え続ける。もちろん、これらの軽挙妄動《けいきょもうどう》は彼自身の首を絞めることに繋がるのだが……。

「ねぇ、君。ちょっといい？」

学院中を駆けずり回っていたビビムに話しかけてきたのは、ミィル。

彼が竜王国の使者だと誤認している竜王族の娘だった。

「君は……竜王国の使者！」

開口一番そう言い放ったビビムに、少なからず驚いた顔を見せるミィル。

「……あー、そう言えば父親がバラしてるって話だっけ。親子揃って本当に馬鹿なんだねぇ」

ミィルの独り言は小声だったので誰にも聞き取られない。

一方、自分の考えを伝えるのに最高の相手を見つけたビビムは興奮して矢継ぎ早に主張を繰り出し始めた。

「君も聞いてくれ！　あの田舎者は……アイレンは不正入学者なんだ！　実力もないのに何かトリックを使って入学試験をクリアしたんだ！」

「証拠もなしにそういうことを言いふらすのはどうかと思うけどなー」

「今回もどうやったのか知らないけど何かしたに決まってる！　例えば……そう、ダンジョンの中の魔物を事前に手懐《てなず》けてたりとか！」

「それができたら逆にすごくないー？」

「あんな田舎者の平民に魔法が使えるはずないんだ！　みんな騙されてる！　あいつの魔力だって偽物で――」

「君、自分が何言ってるのかわかってる？　神眼で視《み》たラウナが本物だって言ってるんだから本物なんだよ。それとも君はラウナの神眼まで偽物だっていうの？」

「そ、それは……」

ラウナを引き合いに出した途端に押し黙ったビムを見て、ミィルは弱点を見つけたとばかりにクスッと笑った。

「それにリード君がアイレンのことを認めたし、王賓クラスのみんなにも受け入れられた。学院の中で君しかいないよ、未だにそんな馬鹿げたことを言ってるのは」

「馬鹿な……そんなはずがない！　君は僕に嘘を吐いている！」

「今度はあたしー？　はー、もういいや。会話にならないし」

はぁ、とため息をついて首を振ったミィルが改めてビビムをまっすぐに見据える。

「そんなことはどうでもいいの。君に伝えておきたいことがあって」

「伝えておきたいこと？」

「君でしょ？　土塊のダンジョンをアースコントロールで塞いだの」

「……は？」

ビビムの目が点になる。もちろんその通りだが、まさかあの所業を指摘されるなどとは夢にも思っていなかったのだ。

「い、いや、何のことだか……」

「トボけても無駄だよ？　雨で塞がったにしては土砂に雨水が含まれてなかったし。あきらかに魔法が使われてたもん」

「そんな……僕がやったなんて証拠はあるのか⁉」

「証拠はこれからいくらでも出てくるよ。学院が本気で調べれば誰が使った魔法かぐらい調べられるんじゃないかな？　まあ、そんなことをしなくてもラウナの神眼で見定めれば土に残った魔力の残滓《ざんし》と君の魔力パターンが同じだってことがわかるだろうし」

まさかの展開に口をぱくぱくさせるビビム。

「そんなインチキあるわけ……」

「インチキでもなんでもないよ。君が知らなかっただけでしょ？　授業を真面目に受けてれば絶対やらないミスだし。そうやってさ、自分の無知を棚に上げるのは人類の悪いところだと思うけど……君はとびっきりだねー。本当にいろいろいるんだなぁ。あたしもいい勉強になったよ。あっ、それとも土塊のダンジョンの入り口を潰したのは君だって学院中に言いふらしてあげようか？　証拠がなくったってアイレンの活躍を妬《ねた》んでの犯行だって言えばみんな納得するよ？」

「そんなわけあるか！　僕は……僕はビビム・ノールルドなんだぞ！」

「はぁ……自分がどう見られてるか、一度も考えたことないんだね。君は」

「言いふらすだなんて……もしそんな真似をしてみろ！　父上の力でお前ら竜王族を潰してやるからな！」

その一言で、ミィルはビビムへの興味を完全に失った。

「……今後の身の振り方ぐらい考えたらって言ってあげるつもりだったけど、全部無駄みたい。せいぜいそのお父さんとやらに泣きついてみたら？　じゃ、バイバイ」

去り際のミィルの捨て台詞に、ビビムはまさかの光明を見出した。

「そうだ……それは確かにそうだ！　父上に頼めば、こんなデタラメいくらでも覆《くつがえ》せる！」

こうしてはいられない。すぐに偉大なる父に直訴して、この間違った状態を正さねばならない！

田舎者の平民を追放して。

学院長の首も挿《す》げ替えて。

そして今度は自分が王賓クラスに入るのだ！

そんな妄想に頭を支配されて学院を飛び出していくビビム。

それが、学院の門をくぐる最後の機会になるとは夢にも思わずに。


一方そのころ、キグニス教官は学院長に呼び出されていた。

王賓クラスが神滅のダンジョンに行くことになった経緯を説明するためである。

当然、その場にはマイザー教官も同席していた。

「……実習当日のキグニス教官とのやりとりは以上となります」

「ふむ」

学院長とマイザーのやりとりを見ながら、キグニスは必死に平静を装っていた。内心は冷や汗でびっしょりである。

（大丈夫……隠蔽工作は完璧にやった。だからバレてないはずだ）

キグニスは土塊のダンジョンの土砂に先日の雨水を加える隠蔽工作を行なった。痕跡を悟られないよう魔法を使わず手作業で丹念に行なっている。さらに雨水に含まれる微量な魔力でビビムの魔力パターンも誤魔化した。もはやあの土砂からビビムに繋がる証拠は出ない……そのはずだった。

説明を聞き終えた学院長はキグニスに厳しい視線を向ける。

「さて。キグニス教官……君には今、王家に対する叛逆《はんぎゃく》の疑いがかかっておる」

「そ、そんな！　神滅のダンジョンへの変更許可を出したのは学院長ではありませんか！」

「三階層までは安全じゃからな。許可状にもそう記載していたし、マイザー教官も対応しておった。生徒との証言も一致する。だが実際に〝事故〟は起きてしまった。そして担当でもなんでもない王賓クラスのダンジョン実習先を神滅のダンジョンに変更するよう……キグニス、君がわざわざ取り付けにきたのじゃぞ⁉　これをただの偶然で片付けるのは無理があるのではないかね？」

「ぐ、偶然です！　土塊のダンジョンが使用できなくなっているのをたまたま私が見つけただけのことです！　それにむしろマイザー教官のほうにこそ現場の監督責任があるのではないですか⁉」

キグニスはここぞとばかりに責任をマイザーになすりつけようとした。それを受けて学院長は反論するでもなく鷹揚《おうよう》に頷く。

「無論その通りだ。それに許可を出した責任は最終的に儂《わし》にある」

「な、なら……」

「だが、君のした責任逃れの隠蔽工作も許されることではない！」

「えっ⁉　私は工作など！」

「今さらとぼけてもムダじゃ。バレておらんと思ったか？　王賓クラスが帰還する前から今回の事件の調査のために、君にも見張りを付けていたのだぞ」

「ば、馬鹿な⁉」

学院長の言葉にキグニスが愕然とする。ビビムのことばかり気にかけて、そもそも自分がマークされているとは思ってもいなかったのだ。

「ちなみに工作する前の土砂はマイザー君が事前に確保済みだ」

「なっ……」

「君のやったことは犯罪だ。しかも極めて悪質な。もっとも土塊ダンジョン封鎖の首謀者は君ではないようだな。土塊のダンジョンを塞いだ土砂がビビム・ノールドの魔法によるものだということが既《すで》に判明しておる。このことは王家にも報告済みだ」

そこまで言われて、ようやくキグニスは悟った。全てバレている。

それでも彼は最後まで足掻《あが》いた。自分の罪からどうしても逃れたくて。

「そ、そうなのです！　私はビビムに脅されておりました。仕方なかったのです！」

「ふん、どうだかな。おおかた、学院長の椅子でも約束されてほいほい乗っかったのではないか？」

「そんなことはありません！　お願いです、信じてください！」

「そんなお為《ため》ごかしが王都の尋問官に通用するといいがな。キグニス教官。今をもってセレブラント王都学院の教官職を解く。そして君の身柄は王国に引き渡す」

「そ、そんなぁー！」

懲戒免職にキグニスがショックを受けていると、それまで黙っていたマイザーが目を伏せて呟いた。

「ですから何度も申し上げたはずです。物事を上辺だけで判断して機を見誤れば……いずれ痛い目を見ると」

「き、貴様……！　この私を嵌《は》めたな！」

「別に何もしていませんよ。貴方が自滅しただけでしょう」

「おのれぇ、妾腹風情《しょうふくふぜい》が！」

キグニスは激昂して襲いかかるが、回避したマイザーに足を引っかけられて派手にすっ転ぶ。

「ぐえっ！」

「何事ですか！」

外で待機していた王都の衛兵が騒ぎを聞きつけ飛び込んできた。

「その男に襲われました。今回の被疑者のひとりで間違いありません」

マイザーの言葉を聞いた衛兵がすぐにキグニスを取り押さえる。

「ご協力感謝いたします、学院長」

「うむ。そいつを早いところ連れて行ってくだされ」

「違う！　無実！　私は無実なんだぁー！」

最後まで自分の罪を認めることなく引っ立てられていくキグニス。部屋にマイザーとふたりっきりになると、学院長は深いため息を吐いた。

「いやぁ……まったく肝が冷えたわ。人類裁定の真っ最中にあんな事故が起こるとは。一つ間違えば竜王族が怒り出すところだったぞ。それにしたって君も大変だっただろう。ほとぼりが冷めるまで休職扱いにしておくから、ゆっくりと休みなさい」

「いいえ。この程度であれば些事《さじ》ですから」

学院長のねぎらいにマイザー教官は薄く微笑むのだった。


その日、ノールルド伯は王宮行きの馬車を急がせていた。

（ビビムをああまで泣かせるとは……許せん！）

息子に泣きつかれたノールルド伯は怒っていた。

もちろんビビムは自分のやらかしを父に伝えてはいない。だから自分の怒りは親として正当であることをノールルド伯は微塵も疑っていなかった。

（まずは不正行為で入学した平民の件、全責任を学院長に押し付けるとしよう。ダンジョン事件も大いにスキャンダラスな内容だ。件《くだん》の平民のせいで王賓クラスが危地に陥《おちい》らされたのだ。如何《いか》に公爵家ゆかりの学院長といえど辞めざるを得まい。つ

いでに平民に加担していた教官も追放だな)

新しい学院長には子飼いのキグニスをつければいいなどと考えるノールルド伯。学院での逮捕劇は秘匿されていたため彼の耳には届いていなかった。

(そしてビビムは竜王国の使者の娘に辱しめられたというし、そろそろ連中にも自分たちの立場というものを思い知らせてやるとしよう)

これまで竜王国など放っておけばいいと思っていたが、愛息子が実害を受けたとなれば話は別だった。此度《こたび》の無礼をしっかりと抗議して自分たちの罪を自覚させ、賠償として財宝を根こそぎ差し出させる。そしてその一部を受け取る権利が当然あるだろう……と、ノールルド伯は考えていた。

「何が竜王国だ。何が竜王族だ。盟約ある限り……直接手出ししなければ、連中は我々人類には指ひとつ動かせん。まさに張り子の虎だ。こちらが何も知らんと思ってるのだろうがな」

森に送り込む冒険者にも、その点をしっかり伝えてあった。新たに送り込んだ山賊どもにもだ。何一つ抜かりはない……ノールルド伯はそう考えていた。

「私からの進言は以上となります、陛下。学院長には退いていただくしかありりますまい。そして竜王国にも人類裁定などという戯言《ざれごと》を撤回するよう正式に通告すべきかと」

セレブラント王宮、謁見《えっけん》の間。

王侯貴族に囲まれる中でノールルド伯は玉座に腰掛ける王の正面に跪《ひざまず》き、道中で考えておいた進言を終えた。聞き終えた王は大きく頷く。

「……そちの申すことはよくわかった」

「で、あれば後のことはいつも通り私に――」

「もうよい、ノールルド伯。余は甘く考え過ぎておった。そちの無学浅識を……」

「…………はい？」

王の言葉が理解できなかったノールルド伯は思わず面《かお》を上げてしまった。

「皆の者はどう思うか」

しかし王は咎《とが》めず、他の王侯貴族たちに呼びかける。

「いや、まさか、これほどとは……」

「やはり竜王族に関する教育をもっと広げるべきだったな」

「いや、王国の発展には中級以下の貴族たちにある程度の自由と権力を許す必要はあった」

「竜王族を恐れ過ぎると王国の沽券《こけん》にも関わる」

「いわば王国の歴史の汚点だ。そこの部分でノールルド伯だけを責めるのはいささか酷《こく》かもしれぬがな……」

王侯貴族たちから向けられる視線。それはいつもノールルド伯が浴びていると錯覚していた羨望《せんぼう》などではない。憐憫《れんびん》──いわゆる、かわいそうな者を見る目だった。

（なんだ？　なんでそんな目で私を見る？？）

ノールルド伯はこれまで感じたことのない居心地の悪さに身震いする。

「で、あるか。さて、改めて伯に問わねばなるまいな」

「は、ははぁー！」

王の言葉で自らの非礼に今さらながら気づいたノールルド伯は慌てて平伏し直した。

「そちが余に献上した特別な品の数々。果たして、何処《いずこ》より手に入れたものか？」

「あ、あれは我が領地の特産物でして……」

さすがのノールルド伯も竜王国の森を略奪しているとは言えなかった。盟約があるとはいえ自分の所業を王家に知られるのは体裁《ていさい》が悪すぎる。

「余を謀《たばか》るか？」

「い、いえ。滅相もありません！　本当なのです！」

王の指摘を受けてもノールルド伯は必死に訴える。

（露見するわけがない！　あの者の持ち掛けてきたアイデアは完璧だ！）

そもそも、この竜王国略奪プロジェクトはノールルド伯自らの発案ではない。とある人物が持ち掛けてきたアイデアをそのまま採用したに過ぎない。略奪の方法についても詳細に記されたマニュアルが事前に用意されていて、その通りに実行すればよかった。

冒険者への依頼は自分と無関係な代理人を通していたし、略奪品の受け渡しも秘密裡に行なっていた。だから特産物ということにしておけば領地内に偽装用のダンジョンが見つかる手筈だったし、王家に露見するリスクはない。

そのはずだった。

「例の物をこれへ」

王の指示で文官が冊子を持ってきた。

「面《おもて》を上げよ、ノールルド伯。これに見覚えは？」

「ば、馬鹿な。それは……！」

今度こそノールルド伯の両目が驚愕に見開かれた。

文官がこちらに広げてみせている冊子は、ここにあってはいけないもの。

「そちの屋敷から発見された取引の裏帳簿だ。何か申し開きはあるか？」

「違うんです、陛下！　いえ、違いはしないのですが違うのです！」

混乱のあまりわけのわからないことを口走るノールルド伯。

「なにが違う？」

周りの王侯貴族が眉をひそめる中、王はノールルド伯を寛容に赦《ゆる》し、先を促した。

「確かにその帳簿は私のものです！　ですが、裏帳簿と言うよりはただの管理簿といいますか！　それに納税という形とは違うかもしれませんが、手に入れた宝は王国に献上しております！　なにひとつ恥ずかしいことはしておりませぬ！」

「竜王族から宝を掠《かす》め取る略奪行為が恥ずかしくないと申すか」

「ええ、そもそも彼奴らは我が国の法で保護されていないではないですか！　何をしたところで犯罪にはならぬはず！」

「竜王国はセレブラントではない。他国なのだ。我が国の法が及ばぬのは当然ではないか」

「国などと！　奴らの規模はそこらの街にも及びません！」

そこまで言い切ったところでノールルド伯の脳裏に起死回生のひらめきが浮かぶ。

少なくとも彼はそのように錯覚した。

「そうだ！　陛下、補佐役として献策いたします！　騎士団を率いて森の宝を全て我が国の物にしてしまいましょう！　古の盟約に縛られた連中は所詮、無抵抗な二本足のトカゲ人！　そう……いわば奴らは我が国の資源なのです！　いっそのこと、全て我らの物にしてしまいましょう！　どうか熟考いただきたい！」

セレブラント王国そのものの所業にしてしまえば、自分のしたこともうやむやにできる……そんなノールルド伯の浅薄な考えが公の場でさらされた。

王侯貴族たちが沈黙を貫く中、目を伏せて聞いていた王が深いため息を吐く。

「そうか……そちはよほどセレブラントを滅ぼしたいとみえるな」

「…………は？」

「余にも責はある。そちから贈られた宝が竜王族のものだと見抜けなんだ。まこと恥ずべきことよ……全て返還せねばなるまいな」

「な、なにをおっしゃるのですか陛下！」

「いや、そちが真剣なのはよくわかった。それにセレブラントに対する叛意《はんい》がないことも。だが、そちをこのまま放置しては人類は滅ぶであろうな……」

王が深く頷き、今もって状況を理解していないふうのノールルド伯をまっすぐに見つめた。

「ノールルド伯。今をもって余の補佐役を解任する。これまでの務め、ご苦労であった」

「そ、そんな……陛下！　どうかご再考を」

「それはない。それに、そちには息子のしたことの責任も取ってもらわねばならぬからな」

「……ビビムの？」

「そちは……本当に何も知らぬのだな」

悲しげに首を横に振る王。

リードの危機を耳にしたとき、王は大いに焦った。その原因がビビムの暴挙によるものと判明した後はノールルド伯の陰謀なのかと疑い、怒りすら感じていたのだ。しかし、今の王の胸に去来するのはノールルド伯への深い憐《あわ》れみだった。話を聞いてみればただ単に、ノールルド伯も彼の息子も無知だっただけ。そして、病に伏せりがちで政治への興味が薄れていたとはいえ、宝に目が眩《くら》んでこんな男を重用した自分も同罪であると恥じていた。

「そちの息子の浅はかな所業により、我が息子リードを含めて多くの上級貴族の子息が犠牲になるところであった。そちに対する厳しい処罰を望む声が多い。そして余も已《や》む無《な》しと考えている」

「えっ」

王の言葉を聞いてノールルド伯の頭の中が真っ白になる。

「何故《なぜ》ですか陛下！　こんなにも、こんなにも私はあなたに尽くしてきたのに！」

ノールルド伯の訴えに黙する王。代わりに答えたのは別の人物だった。

「あなたの行ないが一線を越えたからですよ」

「…………え？」

いつの間にか王の隣には絶世の美女が立っていた。

まるで、今までずっとそこにいたかのような自然さで。

目も眩むような赤一色のドレスを纏《まと》った女に、ノールルド伯の視線はくぎ付けとなった。

「初めまして、ノールルド伯。竜王国を代表して参りました。七支竜が一翼……〝赤竜王女〟リリスルです」

「なっ……竜王族がどうして王宮に⁉」

「もちろん、いろいろと調べるためです。特に貴方を」

「ひっ……」

すぅっと目を細めるリリスルを見て、ノールルド伯が小さく悲鳴をあげる。理性はともかく本能が存在としての格の違いを察したのだ。

「……そ、そうか。私を嵌《は》めたのはお前かぁっ！　陛下、聞いてください！」

泣きそうな声で叫んだかと思うと、ノールルド伯が必死に王へ訴えた。

「竜王族と我らの間には不可侵の盟約があります！　奴らはそれを破り、私に対して謂《いわ》れのない罪を着せようとしているのです！」

「そちはまだそのような言い逃れを……リリスル殿、本当に申し訳ない。どうやら我らはあなたがたに滅ぼされても文句が言えないようだ」

王が申し訳なさそうに顔を伏せながら、リリスルに謝罪する。しかし、リリスルは怒るでもなく首を振った。

「人類裁定はわたくしの担当ではありませんので。ここに来た目的はあくまで真実をつまびらかにすること。すなわち、何故、人類と我らの盟約が破られるに至ったのかを調べるためです」

「……えっ、盟約が破られた？」

リリスルの発言を聞いたノールルド伯が間抜けな声をあげた。

「盟約が破られたきっかけは、他でもない貴方なのですよ」

「私が……？」

「ええ。盟約は人類によって破棄されました。よりにもよって貴方の派遣した冒険者たちは竜王族の赤子を攫《さら》おうとしましたので」

「なっ、馬鹿なことを言うな！　私はそんなことを命じてはいないぞ！」

リリスルがジッとノールルド伯の瞳を覗き込む。

「な、なんだ……！　この私を疑うのか！」

「なるほど。やはり、嘘は吐いていないようですね」

頷くリリスルに驚いたのは他でもない王だった。

「なんと。それはまことか、リリスル殿」

「ええ、間違いありません。確かにこの男が冒険者を我々の森に派遣して私腹を肥やしていたのは事実でしょう。ですが、盟約を破るような行為を禁じていたのも確かです。この男がどれほど愚かであろうと、竜王族の赤子に手出しすれば盟約破りになると、さすがの貴方にも理解できていた。そうでしょう？」

「あ、当たり前だ」

リリスルの問いかけにノールルド伯がこれっぽっちもわかっていなさそうな顔で

呟《つぶや》く。

「そもそも盟約の隙を突いた略奪を思いつくだけの知恵もない様子。であれば、この男は何者かに誑《たぶら》かされたのでしょう」

リリスルの侮辱的な発言を聞いてノールルド伯が怒るでもなく「あっ」と声をあげた。

「そうなんだ！　私はそいつに言われたままにやっていただけなんだ！」

「やはり、そうでしたか。で、何者なんです？　その者は」

「さあ……書簡でやりとりしただけだし、何者かまでは知らない。手紙も処分してしまったしな」

「そんな不確かな案に乗ったのですか。どこまでも愚かな……」

「なっ……さっきからなんなんだ！　竜王族などなにするものぞ！　陛下、盟約が無効になったというのなら尚更《なおさら》問題ありません！　この無礼者を処分してしまいましょう！」

ノールルド伯の態度にリリスルが僅《わず》かながらに殺気を帯びる。

「ほう……わたくしを処分する？　やれるものならどうぞ。その瞬間、ここにいる全員が松明《たいまつ》のように燃え盛って死ぬことになりますが」

ノールルド伯以外の全員が息を呑む。リリスルのそれが脅しではなく、本気だと悟ったからだ。

「い、いいやリリスル殿！　処分されるべきはノールルド伯！　我々は竜王族と敵対する意思はありませぬ！」

「えっ、陛下⁉」

一瞬で王にはしごを外されたノールルド伯が目を剝く。

リリスルが竜闘気を解いてふぅ、と息を吐いた。

「結構。それで、この者の処遇はわたくしが決めてもいいのですか？」

「うむ……竜王族の気持ちを考えれば処刑も止むを得んかと思う」

「そ、そんな！　陛下、どうかお慈悲を！」

「そうですね。竜王族に長い苦痛を与えるという処罰はありませんので、ひと思いに殺してしまうのがむしろ慈悲かもしれません」

「ひいいっ」

リリスルに燃えるような赤い瞳を向けられたノールルド伯が腰を抜かして失禁する。

「おやおや……まあ、いいでしょう。所詮は無知で哀れな誰かの駒に過ぎない男。

わたくしもアイレンに倣《なら》って人類のやり方を尊重してみましょうか。王が『考え得る限りの最大の罰』をこの男に与えてくださるのなら、命だけは免じましょう」

「あ、ありがとうございます！　もう竜王族に手出しは一切しないとお約束します！」

既に山賊を派遣したことも忘れて、その場しのぎを始めるノールルド伯。もちろん賊はとっくに処断されているのだが。

だからリリスルも貴方なんかに約束されても……という顔をした後で、改めて王を見る。

「無論、我々は竜王族に手出しはしない。盟約が無効になったのであれば、セレブラント王国は改めて竜王国と条約を結びたいと思う」

「いいでしょう。それが効力のあるものでしたら後日、正式に。ただし人類裁定の結果によっては破棄されることが前提となります。それは御覚悟を」

「呑むしかあるまい……」

王としても苦渋の決断だった。今後、自分たちの未来が他の人類の行動如何によって決まってしまうのに歯がゆさは感じるものの、何ができるわけでもない。

「さて、ノールルド伯。これよりそちに処罰を与える」

「は、ははぁー！」

もはや死なずに済むなら何でもいいとばかりに這《は》いつくばるノールルド伯。

だが、その陰では誰にも見えぬ笑みを浮かべていた。

（フフ……乗り切った！　身内に甘い王のこと、せいぜい王宮への出入り禁止か、あるいは地方での謹慎といった形だけの処罰にしてくださるはず！　そして罰の多《た》寡《か》があんな見た目がいいだけのトカゲ女にわかるはずもない！）

そう……この男は、これっぽっちも反省などしていない。どこまでも自分に甘く、だからこそ事態も都合のいいほうに転ぶと信じて疑わない。そんな腐った性根こそがノールルド伯の本質。

だから、王の心中を読めなかったのも必然だった。

「その領地、屋敷を含めた全ての財産、爵位は全て没収。その身柄は国外追放とする。どこへなりとも行くがいい」

「は……？」

結局、王からくだされたのは貴族にとって死刑よりも残酷な実刑。栄華を極めたノールルド伯に追放者のレッテルを貼られたまま恥を偲《しの》んで生きろというのだ。

「陛下、嘘ですよね？　これまで尽くしてきた私に……」

「お前は、未だに自分の仕出かした罪の重さがわからぬと見える。よいか、此度はお前ひとりの欲望のせいで、人類全てが滅ぼされる瀬戸際にあったのだぞ」

「ですから、それは竜王族のはったりで……」

「実際に竜王族を見ても、まだそう言えるのか。刑が不服とあらば、リリスル殿に身柄を引き渡してもよいが……？」

「そ、それだけはご勘弁を！」

「ならば誇りあるセレブラントの貴族として、最後くらい伏して刑を受け入れよ」

「い、いやだあああああっ！　そんなのはあんまりだああああああっ!!」

王の要求を受けて、遂にノールルド伯は取り乱し始めた。

「ノールルド伯、乱心したか！」

「取り押さえよ！」

王侯貴族たちの指示で瞬く間に親衛隊に捕縛されるノールルド伯。

「私は、私は絶対に悪くないー!!」

そして、そんな叫び声をあげながら謁見の間から連れ出されていった。

「すまぬ、リリスル殿……あやつは首を刎《は》ねるよりもこれが効くと思うたのだが……」

「いいでしょう。あの男に自分の犯した罪を心の底から悔やませたかったのですが、それは竜王族でも骨が折れる作業でしょうね」

「そう言ってもらえるとありがたい」

王としてもリリスルの判断には安堵していた。

赤竜王女と呼ばれるこの女性の纏う気配に、ここにいる全員がいつ殺されてもおかしくないと感じていたからだ。

「それはともかくリリスル殿、この場を借りて改めて礼を言わせていただきたい。貴女の弟君のおかげで不肖の息子や、ここにいる皆の子息が救われた。ありがとう」

「まあ！　そのようなことを言われたって、嬉しくなくもありません！」

アイレンのことを褒められて御満悦になったリリスルが突然わけのわからないことを口走る。

「まあ、なにはともあれよかったです。もしアイレンの素晴らしさを理解できないほど人類が愚かなら、わたくしひとりでこの国を滅ぼしていたでしょうから」

リリスルのこの一言に、全員が戦慄する。

そして、実感した。

人類の繁栄は薄氷の上で成り立っていたに過ぎなかったと。

人類裁定が始まった今、依然として自分たちが滅びに瀕しているのだと。


「あらあら、それでまたお休みになっちゃったの？」

サンサルーナが頬に手を当てながら俺たちを出迎えた。

「うん。クラスメイトも親の顔を見たがってたし、親も親で子供たちの無事を確認したいって声が多かったらしくて」

先日の事故を受けて王賓クラスだけは特別に休みになった。だから俺とミィルは故郷の森に出戻ってきたのだ。既に師匠もグラ姉も寝所で眠りについていて会えなかったけど、本来の予定にはなかったので仕方ないだろう。

入れ替わりで〝青竜大洋〟が起きたらしいので、実の娘にあたるミィルは会いに行っている。

「アイレン、裁定お疲れ様」

「リリスル！　帰ってきてたのか」

「ええ、セレブラントでのわたくしの役目も終わりましたので。冒険者、ならびに略奪者たちを全員処断することができました。今後は黒幕を調べることになるでしょう」

　処断か……何があったかは聞かないでおこう。

「そんなことよりアイレン！　王都学院は大変だったそうじゃないですか！　さあ、わたくしの胸の中で慰めてあげましょう。さあ、さあ！」

「え、あ、うん……」

　抵抗しても無駄だとわかっているので両手を広げるリリスルに大人しく抱きしめられる。

「よしよし、アイレン。大変でしたね」

　俺の頭をわしゃわしゃ撫でてくるリリスル。

「くるしい。リリ姉。くるしい」

　ちなみにリリ姉の背丈だとちょうど彼女の胸のあたりに俺の頭が来る。リリスルは胸が大きいので、包まれるとほとんど息ができない。師匠に竜技を鍛えてもらう前はいつも窒息しそうになってたけど、今では無呼吸でもしゃべる余裕ぐらいはあった。

「あらあら、王女ちゃんは平常運転ね。それにしてもいったい学院で何があったのかしら？」

「ああ、実は……」

事情を打ち明けると、魔神の登場あたりでリリスルの顔色が変わった。

「魔神ですか。既にこの地上には存在しないと教わっていましたが……」

リリ姉は竜王族の中でも比較的若いほうだ。まあ、あくまで比較的であって俺よりはるかに長い時間を生きているのは変わらないけど。

「そういえば天魔大戦のころは王女ちゃん、まだ生まれてなかったわねえ」

サンサルーナが懐かしそうに虚空を見上げた。何か去来する想いでもあるのかもしれない。

「それで魔神は竜王族を呼んだと、そう言ったのね？」

「ああ、そうなんだ」

サンサルーナの確認に頷き返す。結果として神滅のダンジョンにミィルが踏み込んだから今回の転移事故が起きた。クラスのみんなには迷惑をかけて申し訳なかった気持ちがある反面、そもそも行く予定のなかったダンジョンなのでミィルに責任があるとは言い難い。

「そういうことなのねえ……」

サンサルーナが少し考え込むように頬に手を当てる。未来予知に加えて神算鬼謀《しんさんきぼう》の頭脳を持つサンサルーナは、こう見えても竜王族の中で大きな影響力を持っているのだ。

「それでこれ、一応持ってきたんだけど」

「それはなぁに？」

「ダンジョンコアの心臓の欠片《かけら》。母さんに見せれば何かわかるかもと思って」

「ちょっと見せてもらっていいかしら？」

既に真っ黒な石みたいになっているけど、欠片を見たサンサルーナが大きく頷いた。

「なるほど。確かに魔神の心臓みたいねえ」

「魔神がいろいろと天魔大戦について教えてくれたんだけど。どこまで本当なのかわかんなくて」

「そうねえ。その魔神の言ってたことは概《おおむ》ね真実かしら」

改めてサンサルーナが語ってくれた。

大昔、この星に天神《てんじん》と名乗る侵略者がやってきたこと。

星の意思が対抗手段としてダンジョンと魔神を生み出したこと。

竜王族と人類が盟約を結んで天神《てんじん》と戦ったこと。

魔神と天神《てんじん》はなかば相打ちとなって、この世界から姿を消したこと。

「それにしてもまさか、アイレンちゃんが魔神に認められるとはねえ。私にも見えなかった未来だわ。頑張ったのねえ」

よしよし、と撫でてくれるサンサルーナ。そういえば魔神がサンサルーナの意図を図りかねたっぽいことを言ってたけど、そういうことなのかな？

「俺も確かに頑張ったけど、クラスのみんなもすごく踏ん張ってくれたんだ。人類裁定だってクラスメイトだけなら文句なく合格だよ。今度紹介したいぐらいだ」

「あらあら！」

「アイレン……！」

サンサルーナとリリスルが少なからぬ驚きを見せた。

「まさか、仲良くなったからクラスメイトだけは助けたいなんて言うんじゃないでしょうね？」

当然のようにリリスルから厳しい指摘がくる。

だけど俺は首を横に振った。

「ううん、そうじゃなくってさ。俺も人間だからかもしれないけど、力を合わせて頑張る姿を見たら人類もなんか捨てたもんじゃないのかなって。確かに酷い連中もいるけど、助けてくれたり認めてくれる人もいたんだ。だから――」

神々に利用されているのかもしれない。

わかり合えるなんて錯覚かもしれない。

でも、それでも。

「俺はもっと人類のことを知りたい」

俺は竜王族に育てられた人間だ。

人類のことはほとんど知らなかった。

そんな俺が学ぶことで、少しでもみんなの役に立てるなら。

師匠の悲しみを癒すことができるかもしれないのなら。

やる価値は、ある。

長い沈黙の後、サンサルーナが満足げな笑みを浮かべた。

「うふふ、なるほどね。私たちからすれば人類なんて一括りだけど、あなたにとっては違うようねえ。これはちょっといい傾向かしら」

「サンサルーナ！　あなたまで……」

「いいえ、王女ちゃん。確かに私たちが考えていた方向とは違うけれど、アイレンちゃんはこれ以上ないほど裁定者としてよくやっているわ」

「そうかもしれないけど……」

「それにアイレンちゃんの目覚ましい成長……姉としては喜ばしいでしょう？」

「そ、それは確かに！」

サンサルーナに諭《さと》されたリリスルがぱぁっと晴れやかな笑みを浮かべる。

うーん、さすがはサンサルーナだ。リリスルの操縦方法を心得ている。

「それでアイレンちゃんは、これからどうしたい？」

サンサルーナが俺の瞳を覗き込んできた。

「どうしたいって……」

「どうせ学院はしばらくお休みでしょう？　だったら別の舞台で人類裁定を継続するのはどうかと思うの。人類を知りたいなら、尚更。どこか希望はあるかしら？」

「そうだなあ……今は神々っていうのに興味があるかな。人類を操ってるかもしれないっていうなら、裁定する上で知っておかないとだし」

「そうねえ……」

サンサルーナが目を瞑《つむ》って黙する。いつもみたく予言をする気だろう。しばらくかかったようだが、やがて大きく頷いた。

「なら、フルドレクス魔法国に行くといいわ」

「フルドレクス?」

ラウナの故郷だよな。確か魔法学会があるとかないとか。

「せっかくだから神々について学ぶついでに留学していらっしゃい。そうねえ、形としては王賓クラスからも何人か見繕《みつくろ》って相応しい生徒といっしょに行かせるのはどうかしら。王女ちゃん、できるわよねえ?」

「ええ、それぐらいなら」

「それにアイレンちゃんがあの国で行なわれていることを知ってどういう答えに辿り着くのか、興味があるわあ」

サンサルーナは、いつになく楽しそうだった。変化の少ない竜王族を未来予知で導いてきた橙竜聖母《とうりゅうせいぼ》が、まるで子供みたいにはしゃいでいて。

「アイレンちゃんも、それでいい?」

最後に俺の意思を確認してくる。

俺の返事はもちろん。

「わかった。俺、行ってくるよ。フルドレクスに!」


一方そのころ。

「はぁ、はぁ……」

「ぜえ、ぜえ……」

ふたりの親子が息を切らせながら国境を越えようとしていた。ビビムとその父親だ。ふたりはフルドレクス魔法国を目指して歩いている。

彼らは全ての財産を失ったので徒歩での旅を余儀なくされていた。その格好《かっこう》はひどくみすぼらしく、往時のような煌《きら》びやかな服装ではない。最低限の水と食料を渡されて、こうして王国の外へと出ようとしていた。

「あそこの岩場で休もう、ビビム」

父親の提案にビビムは返事をしなかったが、大人しく指示に従った。座り込んでしばらくしてから口を開く。

「……こんなの夢ですよね、父上」

目の焦点が合っていないまま力ない声を漏らすビビム。

「どうして僕らがこんな目に遭わないといけないんですか」

「ビビム……」

父親……元ノールルド伯が愛する息子の姿に心を痛める。

「お前の言う通り。そうとも、こんなのは何かの間違いだ……」

親子の胸中には、やるせない想いが渦巻いている。

全てうまくいっていた。

何一つ問題などなかった。

自分たちは悪いことしていないのにどうして、と。

「ビビムよ。私は必ずこの国に戻ってみせるぞ。それまでの辛抱だ」

そう、元ノールルド伯はこの期に及んでも反省していない。竜王族によって不当に貶《おとし》められて王に裏切られたと……未だにそう信じ込んでいたのである。

「父上！　僕は必ず奴らに復讐してやります……！」

息子も父親に同調し、意気を取り戻した。

「特にあの田舎者！　あいつさえいなければこんなことにならなかった！　不正で称賛を得るだけじゃなくて懸命に努力してきた僕らをこんなふうに貶めて……！

いつか絶対に殺してやる！」

ビビムは自分たちを追い落としたのがアイレンだと決めつけていた。そもそも自分が起こした問題を正確に把握できてない時点で、救いようがないのだが。

「同感だ。そして竜王族に私を売り渡した王も、私を助けなかった貴族どもも必ず後悔させてやるぞ。必ずや力を盛り返してセレブラント王国を滅ぼしてやる」

元ノールルド伯も息子と同じだった。王に助命してもらったことを恨みこそすれ感謝などしていない。自分の命を助けるのは当たり前。もっと温情をかけるのが最低限と考えていた。

なのに裏切られた……と、そんな身勝手な想いから元ノールルド伯は憎悪に身を焦がしていく。やがてその恨みは世界に向けられることになる。王もリリスルもノールルド親子の心の醜さを見くびっていた。

彼らの愚かさは死ぬまで治らない。

そう、死ぬまで。

「――案の定ですね。やはり、この程度の罰では懲《こ》りませんでしたか」

親子の耳に、突如として女性の声が飛び込んできた。

「なにっ⁉」

咄嗟《とっさ》に立ち上がって、声のしたほうを睨みつけるノールルド伯。

振り返った先、元来たほうの道にフード姿の女が立っている。背が高く、すらりとした体型。

「貴様……何者だ!?」

ただならぬ気配を纏う女を警戒する元ノールルド伯。

「えっ……あれ？」

そこでビビムが何かに気づいたように声をあげた。

「どうしたのだビビム」

「あの女……間違いありません。王賓クラスの実習授業で教官をしていた女です！」

「王都学院の？　何故こんなところまで」

息子の言葉に元ノールルド伯が怪訝《けげん》そうに首をかしげる。

「マイザーといいます。短い間ですがお見知りおきを」

優雅に一礼し、酷薄《こくはく》な笑みを浮かべるマイザー。

睨み返す元ノールルド伯。

「学院の教官ごときが我々に何の用だ」

「あなたがたがどうしてこんな目に遭っているのか……その正答を教示して差し上げようと思いましてね」

マイザーが無造作に元ノールルド伯を指差した。

「まず、伯爵。あなたに竜王族の森から宝を略奪して王家に献上するアイデアを送りつけたのは私です」

「なんだと⁉」

「もっとも発案は私ではないのですがね。あくまで、あの御方の指示に従っただけ。そして、あなたの追加指示という名目で冒険者たちに竜王族の赤子を攫《さら》ってくるよう伝えたのも私です」

マイザーの告白に愕然とする元ノールルド伯。

「おかげであの御方の計画通り、竜王族を怒らせることに成功しました。盟約は破棄され、人類裁定が始まりましたよ。ありがとうございます」

「つまり、我々がこんな目に遭ったのはお前のせいか！　許さん！」

怒りのあまり殴りかかる元ノールルド伯。

「ぐっ⁉」

だが、マイザーにあっさりと足を引っかけられてすっ転ぶ。その構図はキグニスのときとまったく同じだった。

「ち、父上⁉」

マイザーの横を通り抜けて父親に駆け寄るビビム。大きな怪我をしていない父の様子にほっとした背に、マイザーの声が投げかけられる。

「杖なしでは魔法を使用できないあなたに勝ち目があるとでも？」

「どうしてだ！　僕たちに何か恨みでもあるのか……っ!!」

敬愛する父親を嘲《あざけ》るマイザーに怒りを覚えたビビムは、凄まじい剣幕で叫んだ。

しかし直後、振り返ったビビムの背筋に戦慄が走る。

マイザーの両眼が赤く輝いているのを見てしまったからだ。

「別に貴方たちを酷い目に遭わせるのが目的ではないですよ。いい具合に踊ってくれそうな貴族があなたの父親だったというだけです」

「そんな……」

マイザーが愉《たの》しそうに、本当に愉しそうに嗤《わら》っていた。

ラウナリースの神眼を思わせる赤い輝きが煌々とふたりを見下ろしてくる。いつも淡々と授業をこなしていた教官の裏の顔に、ビビムは言いしれぬ恐怖を覚えた。

「ビビム君、あなたもいいように踊ってくれました。いずれ神滅のダンジョンには何かしらの理由をつけて竜王族の娘を送り込む予定ではありましたが、手間が省けました。状況が状況だったので転移石が使えないフリをする必要はありましたがね。お礼を言いますよ」

「ひっ……」

この女に一矢報いよう、という意志は赤い瞳に呑み込まれてあっさりと打ち砕かれてしまった。

逆境に立ち向かえるだけの心理防壁《こころのつよさ》があったなら、そもそもこんなことにはなっていなかったのだが。

「さて、お話は以上です。私も次の仕事にかからねばなりませんので」

マイザーの左手にいきなり光の弓が現れた。

「光属性魔法だと⁉　しかも無詠唱で……⁉」

息子に支えられて起き上がった元ノールルド伯が驚愕に叫ぶ。ビビムには何が起きたかわからなかったが、父親は光属性魔法が特別だと知っている。しかし、無詠唱魔法など見たこともなかった。

「マイザーといったな……貴様、いったい何者なんだ⁉」

アイレンが用いていた無詠唱魔法……すなわち竜王族術式は人類にとって異様に映る。

それは、この場面においても同様だった。

「それを知る必要はないでしょう？　貴方たちはどうせここで死ぬのですから」

「ば、馬鹿な！　ここで我々を殺そうというのか⁉」

「いやだ！　死にたくない！　死にたくない‼　助けて！」

愕然とする元ノールルド伯と絶望に泣き喚《わめ》くビビムに、にっこりと微笑みかけるマイザー。

右手に二本の光の矢を生み出して、光の弓につがえる。

狙いは親子、用済みとなった愚者どもの眉間《みけん》。

「フルドレクスで新たな人類裁定が始まります。そこで変な茶々を入れられては困るので、できれば目障りなゴミは事前に消しておいてほしい……というのが、あの御方の意志です。それでも最終判断は私に委ねられていたんですよ。だからあなたたちが反省して慎ましく生きていくつもりなら見送っても良かったんですが……」

「だったら頼む、殺さないでくれ！」

「なんでもする、なんでもするよ！」

命乞いする親子に対し、マイザーの浮かべる笑みはどこまでも酷薄だった。

ふたりともこの場限りの嘘で今を凌《しの》ぎたいだけだと見抜いたからだ。

「ここで生きるか、死ぬか。結局、どちらでも同じなんですよ。これから始まる『楽園世界』を思えば、あなたがたの命など些事なのですから」

マイザーのいつもの口癖とともに光の矢が放たれる。

——その後。

ノールルド親子の姿を見たものはひとりとしていなかったという。

エピローグ

The Strongest Raised by DRAGON

俺とミィルは森でしばしの休暇を楽しんだ後、再び王都にやってきた。正式にフルドレクス魔法国に向かう手続きをするためだ。

学院長に詳しい話を聞くことになったんだけど……。

「えっ、ビビムが退学に？」

学院長から思わぬ話題が上がった。さんざん俺たちに嫌がらせをしてきたビビムが、もう学院にいないというのだ。

「うむ……土塊のダンジョンの入り口を封鎖して王賓クラスを神滅のダンジョンへと誘導したのは彼だったのです」

「あいつ……」

どうしてそんな馬鹿なことを仕出かしたんだろう？

ミィルがなんか口笛を吹いてるけど。

「それどころかノールルド家は諸々の悪行が露見して御取潰しとなり、財産も没収、無一文で追放されました。伯爵の妻はとっくの昔に愛想を尽かして実家に帰っていますし、使用人たちも他の働き場所が紹介されたので、実害を被《こうむ》ったのは父親と息子ということになりますが」

なるほど。気の毒だけど、まあ自業自得なのかな……？

「国外追放される折にも親子揃って『こんなことは間違っている』と言い張っていたそうで。まあ、彼らの中ではそうなんでしょうが」

「本当に、いろいろいるんですね。人類といっても」

「そうですね。あれが全てとは思わないでいただけると幸いです」

学院長がため息を吐いてから、コホンと咳払いした。

「さて、今回はフルドレクス魔法国への留学ということですが、あちらの国立魔法学校との交換留学を行ないます。そういうわけで王賓クラスから四名、フルドレクスに向かっていただくことになりますね」

「四名ですか？」

「ええ。さあ、お入りください」

学院長の合図とともに入室してきたのは……。

「失礼します。アイレンさん、ミィルさん。お元気でしたか」

「ラウナだー！　やっほー！」

ラウナがミィルと女の子同士で再会をキャッキャと喜び合う。

まあ、ラウナはフルドレクスの第二王女だからわかるんだけど……。

「えっ、リード？」

「フン……」

　リードが顔を背《そむ》ける。

「まずは国家間の交流の架け橋としてフルドレクス魔法国第二王女であらせられるラウナリース様。そして、王太子のリード様は世代代表の名目で立候補されました」

「余計なことは言うな、学院長。私は私で事情があるのだ」

「事情って？」

「それは訊《き》くな、アイレン。とにかく私のことは気にしないでいい」

「まあ、そういうことなら」

　訊かれたくないことみたいだし。

「そういうわけで、こちらの四名での留学となるわけですが……」

「待て、学院長。その前に聞きたいことがある。そもそも何故《なにゆえ》にフルドレクスと交換留学などという話が持ち上がったのだ？　それに何故アイレンとミィルさんまで？」

「それはですな……」

　学院長が言葉を濁しながら、俺に視線を向けてきた。

あっ、サンサルーナが「同行者に人類裁定のことを明かしていい」って言ってたのはそういうことなのか。

「実を言うと俺は――」

俺はラウナとリードに自分の正体を明かした。

「お前が竜王国の使者だと……？」

リードが驚きに目を見開く。ラウナに至っては悲痛そうな表情を浮かべていた。

「人類裁定だなんて……竜王族から見て人類が不合格だったら全て滅ぼすというのですか」

「うん。申し訳ないけど、竜王族はそれぐらい怒ってるんだ。というか、俺がいなかったら裁定自体がなかったと思う」

「やめてください……とアイレンさんに頼んでもダメなのですね。そしてミィルさんが竜王族……」

「うん、そだよー。隠しててごめんね」

てへっと笑うミィル。

あたふたするラウナを尻目にリードが突然笑い出した。

「フッ……ハハハ！　なるほど。只者ではないと思ったが、道理でな。試していたつもりが試されていたのは我々だったということか」

「リード様！　どうして笑っていられるのですか⁉」

「落ち着け、ラウナリース。我々に正体を明かしたということは、少なくとも私とラウナは合格したということでいいんだな？」

ハッとするラウナ。

リードの確認に俺は頷き返す。

「そうだね。神滅のダンジョンでのことが決め手になった感じ」

「それで次の人類裁定の舞台がフルドレクス魔法国というわけか」

「そ、そんな！　今度はわたくしの祖国を見定めるというのですか……」

「うん。当然だけど、口外しちゃ駄目だよ。その時点で裁定が終わって、人類鏖殺《じんるいおうさつ》が始まっちゃうから」

愕然とするラウナに、リードが改めて声をかけた。

「ラウナリース、君も王族ならば竜王族が如何《いか》なるものかぐらい学んでいるだろう。アイレンが人類に価値なしと判断した場合、彼らは本当に人類を滅ぼすだろう。竜王族は敵と定めた者に対しては極めて苛烈だ。盟約がなくなったのなら情に訴えたところで無駄であろう。ならば、大人しく故郷を裁定されるしかあるまい」

「リード様……」

「希望はある。裁定者が竜王族ではなく、あくまで人間のアイレンだということだ」

「……納得はできませんが受け入れるしかないのですね」

てっきりラウナよりリードのほうが難色を示すと思ってたけど、実際は逆だったな。リードは俺を認めてるっていうのが結構大きいのかも。

「ちなみにフルドレクスに行くのは人類裁定のためだけじゃなくて、神について調べるためでもあるよ」

「神だと？　神学でも学ぼうというのか」

「ううん。実は神滅のダンジョンでこんなことがあってね」

今度は魔神の心臓から聞いた話を話した。

「神々が侵略者だっただと。到底信じられんが……」

「そうですね。天魔大戦の話はともかく、神様が人類を操ろうとしてるなんて、あまりにも冒瀆的なお話かと……」

「ううむ、儂《わし》もにわかには受け入れがたいですな」

これぱかりはラウナや学院長ばかりでなく、リードもはいそうですかとは言えないようだ。

「竜王族も魔神と同じ見解だったよ。俺には何とも言えないから、実際に神が人類を操ろうとしてるのかどうかを確かめたいんだ。調べるのにフルドレクスがいいだろうって言うのも竜王族の意見だよ」

「そういうことか。納得したよ。いろいろとな……」

リードがため息交じりに首を振る。

「わかりました！　そういうことでしたら、竜王族の皆さんの心配が杞憂《きゆう》だと証明してみせます！　人類は神に操られてないし、滅ぼされるような酷い種族じゃないってことを！」

ラウナも覚悟を決めてくれたようだ。

「だといいんだけどねー」

「ミィルさん！　それはあんまりです！」

などというやりとりがありつつも、問題なく話は進んでいく。

人類裁定は次の舞台……フルドレクス魔法国へと移ることになるのだった。

あとがき

エピナ（以下：エ）：「こんにちは。執筆担当のエピナです」
すかいふぁーむ（以下：す）：「原作のすかいふぁーむです。共著のあとがき、もうこれだけで新鮮ですね」
エ：「共著って、そもそもなんでやろうと思ったんですか？」
す：「最初のきっかけは自分で書く時間が足りなくなったからですね。アイデアはあるのに仕事が溜まりすぎて書く暇がなくって。だけどウェブ小説は細かい流行がすごく早く動くので、今を逃すともったいないプロットが多かったんですよね。だからいっそ誰か書いてくれないかな～って悩んでたんですよ」
エ：「そう言えばツイッターでそんなようなこと言ってましたよね。で、私がたまたまリプライをつけたら、すぐに返事をくれた（笑）」
す：「心強い味方が現れてくれました（笑）。特に、この作品のプロットは私の中で出せば絶対伸びると思ってたので！」
エ：「そこからはトントン拍子でしたね。私も書いてくうちにプロットのポテンシャルがわかりましたし」

す：「私がどうやって物語作ってるかみたいな話も把握してもらってたんでスムーズでした。共著で難しいのってお互いのこだわりラインがどこにあって、どうまとめていくかなので。でも、エピナ先生に書いてもらった原稿を読んでくうちに『あ、これは私が書くよりいいものになったな』と思えて、私が得意とする分野と、エピナ先生が得意とする分野がいい感じにマッチしたなぁと。具体的に言うと私、技名とか全く考えられなくて誤魔化すので（笑）」

エ：「竜王族ってネーミングすら私がつけていますからね（笑）。逆に私は悪役にも同情的なエピソードを用意してしまうので、すかい先生に『ビビムと父親にそういうのいらないんで、報いを受けるときに後味悪くならないように』って言われたのは逆に新鮮でしたよ。こんな人間いるのかなって思っちゃうので」

す：「実際やってみて、どこが一番大変でした？　私は絶対こうしたほうがいい、という私の得意部分以外はなるべくエピナ先生のやりたいようにやってもらいたいなーという感じで進めてましたが。あ、プロットが少ない中、無理やり一冊分に膨らませてもらったという事故は把握してます（笑）」

エ：「そうですよ！　頑張って膨らませたあとで、足りなければプロット足すって言われて……」

す：「すみません……（笑）」
エ：「まぁなんとかなったのでいいんですが。大変だったのは、そうですね。やっぱりアイレンが王賓クラスのみんなと分かり合う方向にした関係で、最初にもらったプロットだと整合性が取りにくくなったところでしょうか」
す：「ああ、ミィルの性格ですね」
エ：「そうそう。当初のプロットだと竜王族ってもっと残酷な種族だったんですよね。リリスルは今もその性格が出ていますが。例のクライマックスシーンで、あのミィルが『クラスメイトを見捨てなきゃ駄目じゃない？』みたいなことを言うのが従来の流れだったんですよね。それに合わせるとどうしても……」
す：「言ってくれれば変えたのに」
エ：「だーかーらー（笑）」
す：「すいません（笑）」
エ：「まさにそういうところが大変でした、というオチになりますかね（笑）。でもまあ、さっきも話に出ましたけど基本的にはスムーズでしたよね。価値観の部分で折り合わないとかは一切なかったですし」
す：「エピナ先生はこうしたほうがいいですって話をすると理由まで全部察してく

れるから楽でした。と、そろそろまとめに入りましょうか」

エ：「そうですね」

まずはイラストを担当いただいたみつなり都先生、キャラデザを担当いただいたふじさきやちよ先生、お二方の素晴らしいイラストが上がってくるたびにすかいふぁーむ先生と盛り上がっていました。本当にありがとうございます。

また、共著というチャレンジにお付き合いいただきながら一緒に本書を完成に導いてくださった編集の中西様、誠にありがとうございました。その他関わっていただいたすべての皆様に感謝申し上げます。


そして最後に、本書をお手に取っていただいた方に、最大限の感謝を。

これから読む方も、最後に読んで頂いている方もいらっしゃると思いますが、楽しんでいただけたら幸いです。

すでにコミカライズも進行しているのでぜひ、チェックいただけると！

では、また二巻でもお会いできることを願っています。
二〇二一年　十一月吉日
ｅｐｉｎａ・すかいふぁーむ

Jノベルライト文庫

竜《りゅう》に育《そだ》てられた最強《さいきょう》
～全《すべ》てを極《きわ》めた少年《しょうねん》は人間界《にんげんかい》を無双《むそう》する～

2021年11月30日　初版第1刷発行

著　　者　epina《エピナ》/すかいふぁーむ
イラスト　みつなり都《みやこ》
キャラクター原案　ふじさきやちよ

発 行 者　岩野裕一
発 行 所　株式会社実業之日本社
〒107-0062　東京都港区南青山5-4-30
CoSTUME NATIONAL Aoyama Complex 2F
電話（編集）03-6809-0473
（販売）03-6809-0495
実業之日本社ホームページ　https://www.j-n.co.jp/

印刷・製本　大日本印刷株式会社
装　　丁　AFTERGLOW
D T P　ラッシュ

ISBN978-4-408-55700-7（第二漫画）